The Road to Wigan Pier

George Orwell

通往威根码头之路

〔英〕乔治·奥威尔——著   伽禾——译

人民文学出版社
PEOPLE'S LITERATURE PUBLISHING HOUSE

George Orwell
The Road to Wigan Pier

Simplified Chinese edition copyright © 2017
by Shanghai 99 Readers' Culture Co., Ltd.
All rights reserved.

图书在版编目(CIP)数据

通往威根码头之路/(英)乔治·奥威尔著；伽禾译.
—北京：人民文学出版社，2017
ISBN 978-7-02-012313-1

Ⅰ.①通… Ⅱ.①乔… ②伽… Ⅲ.①报告文学-英国
-现代 Ⅳ.①I561.55

中国版本图书馆CIP数据核字(2017)第022270号

责任编辑：甘　慧
特约策划：何家炜　骆玉龙
封面设计：汪佳诗

出版发行　人民文学出版社
社　　址　北京市朝内大街166号
邮政编码　100705
网　　址　http://www.rw-cn.com

印　　刷　山东临沂新华印刷物流集团
经　　销　全国新华书店等

开　　本　889毫米×1194毫米　1/32
印　　张　8.25
字　　数　124千字
版　　次　2017年4月北京第1版
印　　次　2017年4月第1次印刷

书　　号　978-7-02-012313-1
定　　价　45.00元

如有印装质量问题，请与本社图书销售中心调换。电话：010-65233595

The Road to Wigan Pier

目 录

第一部分

第一章　　3
第二章　　19
第三章　　34
第四章　　49
第五章　　75
第六章　　93
第七章　　108

第二部分

第八章　　127
第九章　　145
第十章　　163
第十一章　180
第十二章　198
第十三章　232

译后记　　249

第一部分

第一章

鹅卵石街道上传来女工们的木鞋声。比这还要早的，我猜，是工厂的一声声哨响，睡梦中的我从未听见过。

屋里总共有我们四人。恶劣的地方，原本不是卧室的屋子被勉强拼凑成卧室。早些年这房子是一幢普通住宅，布鲁克斯夫妇买下来，把它改造成牛肚店和寄宿舍。就在那时接收了几件没什么用处的家具，主人却再无力气把它们挪出去。仍能看出来这里以前是起居室。玻璃枝形吊灯沉甸甸地垂着，上面积了灰尘，厚得像皮毛。快把整面墙都掩进身后的是一件硕大而丑陋的家具，像餐具柜，也像门厅柜，周身布满雕刻花纹、一个个小抽屉和一条条镜子，还有满是陈年泔水桶印儿的褪了色的花哨地毯，两把座面胀裂的镀金椅子，几把老式马鬃填料的扶手椅，有一把你一坐上去就往下滑。在种种破烂中间塞进四张破床，屋子就变成了一间卧室。

我的床在紧挨门一侧的右手角落，另一张床横在我床尾，抵得很紧（不得不横着，否则挡门）。我也不得不蜷着腿睡，一伸直就能踢到床尾人的后腰。他叫莱利先生，一把年纪，是个机械师，在某个矿井"地上"工作。幸运的是他清晨五点就得上工，我才能伸开腿，睡几个小时踏实觉。对面床是个苏格兰矿工，在一次意外中受过伤（被一块巨石砸中，无法动弹，过了几个小时石块才被移走），得到500镑赔偿。他四十岁，高大英俊，头发花白，留着短胡须，更像个准尉副官，而非矿工。他会抽着短烟斗，躺到下午才起床。第四张床租客不定，旅行推销员、报纸征订员、分期付款贩子都住过几晚。这是张双人床，比其他床好得多。我到这儿的头一晚睡过，之后被哄骗着挪开了，给另一个租客腾出地方。想必每个新来的头一晚都睡这里，可以说床就是个诱饵。每扇窗都关得密不透风，一个红色沙袋堵在窗底下，一早上屋里难闻得像关着雪貂的笼子。你起床时闻不到，走到屋外再回来，那味道会迎面给你一拳。

我从未弄清整幢房子有多少个卧室，奇的是竟有间浴室，在布鲁克斯夫妇接手之前就有了。一楼有宽敞的厨房，巨大的炉灶日夜不熄。这里只靠天窗透的光来照明，因为它一侧是小店，另一侧则是延伸进地洞的食物橱柜，牛肚就储存在那里。挡着些橱柜门的是一个走了形的沙发，布鲁克斯太太，我们的女房东，永远病恹恹地瘫在沙发上，围裹在一条又一条脏毛毯里。她的脸很大，泛着苍白，充满焦虑。谁也不清楚她到底有什么病；我猜她唯一的毛病是吃得太多。火前总有一排湿漉漉的衣服晾着。屋子中间有张大餐桌，布鲁克斯一家人和所有房客都在那里吃饭。我从未见过这桌子什么都不铺，而是一层层的，时时不同。最下面是一层沾了伍斯特辣酱的旧报纸，上一层是黏糊糊的白色防油布，再上一层是深绿粗毛毡布，最上一层是粗麻布，从来不换，也难得摘下。早上吃剩下的到晚上开饭时还在桌上。我眼见每一堆碎屑随着桌布的替换端上来又端下去，天天如此。

小店狭窄而阴冷，窗户玻璃上还残留一些零零散散的白色字母，不知多久之前的巧克力广告的残迹。窗下置块厚板，摊着大片大片的白色牛肚和叫"黑牛肚"的灰色絮状东西，还有鬼魂似的半透明猪蹄，买回去就可以煮。这是间普普通通的"牛肚豌豆"小店，除了面包、香烟和罐头没别的卖。"茶"在窗户上广告出来，可要是谁真点上一杯茶，往往被各种借口敷衍过去。布鲁克斯先生，尽管不工作已两年，是个矿工，和妻子兼营过各种小店。比如小酒吧，却因为允许赌钱而被吊销了营业执照。我怀疑他们开的哪个店挣到过钱，他们是那类为了有点牢骚可发才开店的人。布鲁克斯先生一副小骨架，黝黑，阴郁，长得像爱尔兰人，脏得出奇。我想不起见他手干净过。布鲁克斯太太动弹不得，他就得准备大部分吃的，像所有手总是脏兮兮的人一样，他拿什么东西更要摩摩挲挲好一阵。他给你一片涂了黄油的面包，总有一个黑拇指印儿印在上面。甚至在清早潜进布鲁克斯太太沙发后面那神秘的地洞把牛肚摸索出来之前，他的手就已经黑了。其他房客给我讲了不少地洞的故事。那儿据说黑甲壳虫泛滥。我不清楚新鲜牛肚多久来一次，但肯定间隔很长，因为布鲁克斯太太常用它来记事情，"让我想想，在那以后我进了三块冻（冻牛肚）"，等等，等等。房客从来没有牛肚吃。那时我猜是因为牛肚太贵，如今我觉得那只是因为我们太清楚牛肚的底细。布鲁克斯一家人自己也从来不吃，我发现。

长住房客只有苏格兰矿工、莱利先生、两个靠退休金过活的老人和一个靠 PAC[①] 救济的失业男人，

[①] Public Assistance Committee（公共援助委员会）的缩写。——译注（本书脚注若无特别说明，均为译注。）

乔——他是那种没有姓的人。苏格兰矿工话很多,像很多失业者一样,他大半时间都耗在看报纸上。要是不打断他,他会一连几小时说着黄祸、分尸案、占星术,还有宗教和科学之间的论争。两个老人,不用说,是被经济状况审查(the Mean Test)逐出家门的。他们把每周 10 先令 ① 的退休金悉数交给布鲁克斯夫妇,换来只值 10 先令的食宿,包括一张在阁楼的床和黄油面包。其中一个"有地位的"老人得了不治之症——恐怕是癌,他只在领退休金的日子从床上起来。另一个老人,人人都叫他老杰克的,七十八岁,在矿井做了五十多年工。他反应机敏,且富于智慧,奇怪的是,他似乎只记得孩童时的经历,现代采矿机器以及技术革新什么的忘得一干二净。他给我讲过在井下狭窄的巷道里与野马搏斗的故事。听说我正准备下几个矿井看看,他很不以为然,认为我这身高(六英尺两英寸半 ②)肯定适应不了那"旅行"。告诉他"旅行"比以前好多了没用,他不信。他对每个人都很友好,习惯在爬上楼梯去睡觉之前(床在支撑屋顶的椽子下面),朝我们大喊一声"晚安,小子们"。我最佩服老杰克

---

① 当时 1 先令为 12 便士,1 英镑为 20 先令。
② 约合 1.88 米。

的是他从不乞讨：通常到了周末就没烟抽了，但他拒绝抽别人的。布鲁克斯给这两个老人投了保，是那种一周交6便士的保险公司。据说有人听见他问保险贩子，"得了癌症人还能活多久"，十分焦虑。

乔，像那苏格兰人一样，也是报纸不离手，几乎整天都待在公共图书馆。他是典型的没成家也没有工作的男人，衣衫破旧，一副潦倒相，却有张几乎说得上是稚嫩的圆脸，显出顽皮的神情。他看起来更像个被晾在一旁的小男孩，而不像个成年男人。这样的男人不必负任何责任，自然显得年轻。乍看上去我估计乔二十八岁上下，后来才知道他已四十三岁。他偏爱响亮的短句，很得意自己可以远离婚姻牢笼。他常和我说"婚姻可不是两三天的亲热"，显然，觉得自己讲了句微妙而有分量的话。他所有收入是一周15先令，付床费给布鲁克斯花去6、7先令。我见过他在厨房炉子上烧茶喝，一天三餐则在街上解决，很可能是一片片人造黄油涂面包，一包包鱼和薯条。

还有流动房客，如手头拮据的旅行推销员、走江湖的艺人——在英格兰北部很常见，大多数较大的酒吧每逢周末都会请各种艺人来表演，以及报纸征订员。我头一次见到报纸征订员。这工作在我看来是如此无望,人怎么能忍下去,坐牢都比它强。报纸征订员大多被周报或星期日报雇用,拿着地图和每天要"拿下"的街道名单,一个镇一个镇地跑。没达到一天二十个征订单的最低要求,就会被开除;只要维持住就可以拿到一笔微薄的工资——我想是2镑一周,订数超过二十单的有一点点提成。这差事不像听上去那么不可行,因为在工人集中的地区,每家每户都订份2便士的周报,每过几周就换一份订,但我怀疑是否有人能做得久。报纸雇用走投无路的人、失业文员和旅行推销员这类人,他们好好努力的话,能够保证每天达到最低征订单数;不久,这要命工作就拖垮了他们,他们被开除,被新人取代。我认识两个为一份声名狼藉的周报① 跑腿的,都人近中年,有家小要养活,其中一人还做了祖父。他们每天要不停地跑十小时,"拿下"该跑的街道,晚上还要熬夜填表格,为的是报纸的骗人把戏——有一个是你订阅六周并寄来一张2先令的邮政汇票,即可"获赠"一组餐碟。胖的那个,做了祖父的,常枕着一沓表格睡着。他们都负担不起布鲁克斯夫妇索要的供三餐加住宿的1镑一周的价码,

---

① 据作者日记记载,是《约翰牛》,这份周报1906年创刊,1960年终刊。

常只花一点钱付了床费，去厨房角落给自己弄些羞于示人的吃的，就是手提箱里存着的培根和人造黄油涂面包。

布鲁克斯夫妇子女成群，大多都很早离家独立生活。有几个在加拿大——"at Canada"，布鲁克斯太太总这么说。只有一个儿子住得近，一个高大、猪一样的年轻人，在汽车修理厂工作，常常回来蹭饭。他妻子和两个小孩整日在布鲁克斯这里，大部分做饭、洗衣的活都由她和埃米来干。埃米是另一个儿子的未婚妻，他人在伦敦。她浅色头发，鼻子尖尖，郁郁寡欢，在工厂做工，挣到一个小钱，放工后还得整晚整晚在布鲁克斯家忙家务。我猜婚礼被一再推迟，也许根本不会举行，只是布鲁克斯太太已把埃米当做自己的儿媳，常用老病号那种关切而又提防的口气唠叨她。剩下的家务不论做完做不完，都是布鲁克斯的活。布鲁克斯太太难得站起来几回（她晚上也睡厨房沙发，和白天一样），衰弱得太厉害，什么都做不了，只能吃，且食量惊人。是布鲁克斯先生去招呼小店的顾客，给房客递送餐饭，拾掇那些卧室。他总是慢慢地，慢慢地做完一样他厌恶的活，再慢慢地去做另一样。床到晚上六点还没铺好，一天当中随便什么时候你都可能在楼梯上碰见他，提着满满一只尿壶，大拇指高高翘起。早上他坐在火边，就着一盆浑水削土豆，动作缓慢得像慢镜头电影。我从未见谁这样怨愤地削土豆。你能看出他对这"该死的妇女的活"（他这样叫）的憎恨，在他体内发酵成苦涩的汁。他是那种像牛一样不断反刍痛苦的人。

我总在屋里待着，听得到布鲁克斯夫妇各种抱怨，每个人都怎么骗了他们，对他们忘恩负义，小店不赚钱，寄宿舍也收不进多少房租。以当地标准而言，他们还没那么贫困，因为布鲁克斯逃避了经济状况审查，从公共援助委员会也领钱，我不清楚他是怎么办到的。他们的主要乐趣却是和随便哪个乐意听的人讲他们的难处。布鲁克斯太太常常抱怨，一抱怨起来就打不住，瘫在她的沙发上，一堆软塌塌的肥肉，一阵软塌塌的自怜，同样的话来回说。"现在我们好像没什么顾客了，我不知道是怎么熬（搞）的，牛肚一天又一天摆在那儿——多好的牛肚！日子庵（难）过，是不是？"等等，等等，等等。布鲁克斯太太的抱怨全都拿"日子庵（难）过，是不是"结尾，像一曲歌谣的副歌。的确，小店不赚钱。整个地方萦绕着看不走眼的生意萧条时所特有的灰尘扑面的破败气息。没法向他们解释为什么一个顾客都不登门，即使有人愿意豁出脸面这样做；他们理解不到伏在橱窗底下的去年的死绿头蝇可无助于提升人气。

而真正折磨他们的念头是那两个老人，他们俩住他们的房子，侵占地盘，吃不少东西，却一周只付10先令。我怀疑他们是否真的赔本，尽管所得利润也一定极少。但在他们眼里，两个老人像寄生虫，吸在他们身上，靠他们仁慈施舍过活。老杰克还可勉强忍受，因为他白天大半时间在外面，另一个卧床不起的就憎恶至极，他叫呼克。布鲁克斯叫他名字时很怪，不发h，发长长的u——"乌克"。我听了多少老呼克的故事，他的暴脾气，他的床有多恶心，学他说他"不吃"这个，"不吃"那个。数落不尽的忘恩负义，还有自私，自私到不肯死！布鲁克斯夫妇公开不讳盼他死。至少到时候他们就能领出保险金。他们似乎能感觉到，他一天天啃蚀他们，好像他是他们肠子里的活虫。有时布鲁克斯土豆削着削着抬起头，和我目光对上，带着难以形容的痛苦神情，头朝天花板，朝老呼克的房间猛地一甩，"真是老——，是不是？"他会说。没必要再多说了，老呼克的种种我都听过了。但是，布鲁克斯夫妇对所有房客都有这样或那样的抱怨，对我也不例外。乔，靠救济金过活，实际上已被划进与两个老人一样的行列。苏格兰人每周付1镑房钱，但他几乎整天都在家，"不喜欢他总在屋里晃来晃去"。报纸征订员整天在外面跑，可布鲁克斯夫妇也不满，因为他们自己带吃的。连莱利先生，最好的房客，也被嫌弃，布鲁克斯太太说他每天清早下楼的声音吵醒她了。他们总在抱怨，找不到想要的房客——顶呱呱的"商业绅士"，付钱多还整天不在家。他们的理想房客是那种一周付30先令，白天不在屋里，只是晚上回来睡个觉的。我注意到开寄宿舍的人几乎都恨他们的房客。他们想要他的钱，却当他是入侵者，心怀古怪的警觉与嫉妒，说到底就是不愿房客过得太自在。一个人不得不住在别人家里，却不是家庭成员，有这样的寄宿制，态度不恶劣才奇怪。

布鲁克斯家的伙食千篇一律地反胃。早上你分到两薄片培根，苍白煎蛋，常在昨晚切好的黄油面包，上面总留着大拇指印。不管我怎么试，我都没能说服布鲁克斯让我自己切自己那份面包，他更愿意一片一片递给我，每一片都牢牢印上又大又黑的拇指印。午饭常常是那种3便士的碎牛肉冻，以即食罐装出售的——我想是小店存货——还有煮土豆和大米布丁。

下午茶还是黄油面包,以及碎蛋糕——可能是从蛋糕铺买的处理货。晚饭是苍白的、软塌塌的兰开夏奶酪和饼干。布鲁克斯从不叫这些饼干为饼干,而是隆重地唤做"奶油薄饼"——"再来一块奶油薄饼,莱利先生,配上奶酪吃,来一块吧。"——以此来掩饰晚饭只有奶酪的事实。几瓶伍斯特辣酱、半罐橘子酱驻扎在桌上。什么都要撒酱,甚至是奶酪,我却从未见过有谁敢动橘子酱,瓶子上附着形容不出的黏东西和灰尘。布鲁克斯太太单独吃饭,赶上哪顿饭也都要吃上几口,最拿手的是她称为"壶底子"的、味道最浓的那杯茶。她有个习惯,不停地顺手抓起某块毛毯来擦嘴。我快走之前她开始撕一条条报纸擦,早晨就有一地黏腻的小纸球,躺在那里已有几个小时。厨房的味道骇人,但就像在卧室一样,过一会儿你就习惯了。

想必工业地区的寄宿舍都是这样恶劣,因为房客都不抱怨。我只见过一个抱怨的,黑发尖鼻子的小个子伦敦东区人,一家烟草公司的旅行推销员。他从未来过北部,我想直到最近他工作都还不错,习惯了住商务旅馆。这是他头一次看到真正的低劣住处,穷贩子和征订员那一伙人在无穷无尽的旅行中不得不歇脚的地方。早上我们正穿衣时(他当然睡的是双人床),

我看他环视整间破败屋子，厌恶得瞠目结舌，目光对上我，突然当我也是从南部来的。

"狗娘养的！"

他收拾好行李，下楼，无比坚定地告诉布鲁克斯夫妇这不是他习惯住的房子，他马上得走。为什么？布鲁克斯夫妇始终没弄明白。惊讶之余，也深感委屈。如此无礼！刚住了一晚就莫名其妙地走了！后来他们反反复复说起这个，方方面面都说到。这又为他们的苦水添了一笔。

当一只满满的尿壶蹲在早饭桌下时，我决定离开。这地方开始让我受不了。不只是因为肮脏、难闻和反胃的食物，更是因为停滞、毫无意义可言的衰败感，像潜进了地下，那儿的人爬来爬去，就像黑甲壳虫，做不完的乏味活，发不尽的牢骚。布鲁克斯夫妇最骇人的地方是把同样的话说了又说。给你感觉他们不是活人，是鬼魂，来来回回絮叨。后来布鲁克斯太太的自怜——总是同样的话，总以颤颤悠悠的"日子庵（难）过，是不是"结尾——甚至比用报纸条擦嘴的习惯更让我反感。但是，说布鲁克斯夫妇这类人让人反感，就把他们忘在一边没有用。因为这样的人有几万、几十万之多，他们是现代世界突出的副产品之一。如果你接受把他们生产出来的文明，你就无法把他们抛在脑后。因为这就是工业化。哥伦布航行大西洋，第一个蒸汽引擎跌跌撞撞发动，英军方阵在滑铁卢法军枪炮下无一变形，十九世纪的独眼恶棍一面赞美上帝一面赚鼓钱袋；这一切的一切——是通往迷宫似的贫民窟和阴暗的后厨，病恹恹、上了年纪的人围在那儿爬来爬去，就像黑甲壳虫。有必要时不时到这样的地方去看一看，嗅一嗅，尤其该嗅一嗅，不然你会忘记有这样的人存在，尽管还是别待太久为妙。

火车驶远，驶过废渣山、一根根烟囱、一堆堆废铁、一条条发臭的水渠和一条条煤灰泥小路，上面踩着无数木鞋印。已是三月，却冷得要命，到处是一堆堆黑雪。我们慢慢驶过小镇近郊，一排排简陋的灰色小房立在那里，和堤岸成直角。有个姑娘跪在后院石板上，用棍子捅从屋里水槽伸出来的铅下水管，想必是堵了。我有时间看清她——粗布围裙，笨重的木鞋，冻得通红的胳膊。火车经过时她抬头望，我和她近得几乎能对上目光。一张苍白的圆脸，贫民窟姑娘惯有的疲惫的脸，才二十五岁看着却像四十岁，因为流产和繁重的杂役；在那一瞬间，她脸上显出我所见过的最绝望的表情。我很震惊，这完全颠覆了我们的说法，所谓"他们感觉到的和我们不一样",所谓"生在贫民窟人眼里只有贫民窟"。因为我在她脸上看到的不是动物那样漠然的受苦。她很清楚自己在干什么——像我一样清楚,在冻得骨头疼的天,跪在破屋后院黏湿石头上捅臭下水管,是糟透了的命。

但很快,火车开远了,驶进空旷乡野。那看起来很奇怪,几乎不像真的,仿佛是公园;身处工业区的人总感觉烟尘和污物到处都是,一寸土地都逃不过。待在像我们这样拥挤、肮脏的小国会觉得肮脏再平常不过,比起草和树木,巨大的废渣山和根根烟囱才是更常见的景致,在极偏僻的地区把铁叉插进土里也可能撬出个破瓶子或生锈罐头盒。可是这里的积雪没人踩过,雪厚得石头郡界墙只露了个顶,仿佛山上蜿蜒出一道黑色小径。我记得 D.H. 劳伦斯写过这里或附近的景致,说厚雪覆盖的群山连绵起伏,"像一条条肌肉"。这不是我想到的比喻。在我看来,雪和黑墙就像一件白裙子滚了黑边。

雪还下着,太阳夺目而出,从紧紧关着的车窗望去似乎暖和了。日历已是春天,几只鸟似乎很应时。铁轨旁的一块空地上,秃鼻乌鸦在交配,我平生第一次见到。原来并不是在树上。求偶方式很特别,雌鸟嘴张着，雄鸟围着它走，像在喂食给它。坐火车还不到半小时，布鲁克斯家的后厨仿佛已离得很远，眼前已是这空旷的雪野，有夺目的暖阳和美丽的大鸟。

整个工业区实是一个大镇，人口与大伦敦地区相当，所幸面积大得多，其间还有一片片干净、美好的土地。令人鼓舞的念头。尽管努力再努力，人类还是没能把肮脏抹得到处都是。地球辽远而空旷，空旷得在文明肮脏的中心地带还能找到一片片土地，草是绿的，不是灰的；若仔细找还可能发现有鱼能生活的河流，而不是沙丁鱼罐头盒成堆的臭水沟。火车行进在空旷的乡野，有很长一阵时间，有二十分钟，乡间别墅群才朝我们迫近。然后是外围贫民窟，然后是废渣山、喷吐浓烟的烟囱、轰鸣的炼炉、水渠、大燃气罐，另一个工业镇。

第二章

我们的文明——请切斯特顿[①]见谅,我与您意见相左——建立在煤上,其彻底程度超出平常目光所及。制造食物的机器、制造机器的机器,全都直接或间接用到煤。在西方世界的能量转换链条里,矿工的重要地位仅次于刨锄头的人。他们仿佛浑身污垢的希腊像柱,扛起几乎每一样没有污垢的东西,因此,很有必要看看采煤的具体过程,倘若你有机会,并且愿意耗时费力下井去看。

下井就该尽力抵达"填工"工作的采煤面。这不容易,因为在工作时段,参观者是多余的,不受欢迎;而在其他时段下井,很可能会留下完全错误的印象。比如星期日,矿井几乎一片安宁。下井时机是机器轰鸣、空气被煤屑染黑的时候,你亲眼见到矿工到底在做什么的时候。那时的矿井像地狱,或者说像我想象

[①] G. K. 切斯特顿(G. K. Chesterton,1874—1936):英国散文家、小说家、诗人。

的地狱。想象地狱里能有的大多都在那里——闷热、噪音、混乱、黑暗、污浊空气,还有最要命的,转身都转不了的狭窄。除了火,火不可有,只有戴维灯微弱的亮光,和无法穿透黑煤雾的手电筒。

当你终于到达那里——到达那里也是工作本身,我稍后即做介绍——从最后一排坑木底下爬过,就能看到对面是一堵三四英尺①高的闪闪发光的黑墙。这就是采煤面。头顶是刚切出来的光滑天顶,脚下还是岩石,所以你所在的巷道仅仅有采煤面本身那么高,比一码②高不了多少。第一个印象,一时间压倒其他一切的,是运煤传送带发出的震耳欲聋的骇人轰鸣。你看不到太远,煤雾把光挡了回来,但你可以看到在左右两边都有一列半裸跪地的男人,每隔四五码远就有一个,正用铁铲铲起煤块,飞快地运过左肩。他们在把煤放上传送带,几英尺宽的橡胶带在他们身后滚动,速度有每秒一两码。一道闪闪发光的煤河奔流不息。一座大型煤矿每分钟可搬运几吨重的煤。先是存在主干道的某处,在那里煤灌进半吨体量的大桶,再拖进笼子,拉举至地面。

---

① 1英尺等于30.48厘米。
② 1码等于3英尺,几近1米。

看着"填工"工作，心头会陡然涌出一股不甘。工作差得可以，以普通人标准看几乎是超人才能担当的工作。不仅仅是搬运的煤块无比沉重，干活的姿势更使工作量增加了两倍甚至三倍。他们不得不一直跪着——稍微一起身就会撞到天顶——你可以试做这个姿势，体会一下这意味着得使多大的劲。站直了使用铲子还比较容易，膝盖和大腿都能用力；一旦跪着，全部压力就得由双臂和腹部肌肉承担。工作环境又难上加难。闷热——不同的矿井闷热程度不同，有些矿井热得窒息，还有煤屑堵塞你的喉咙和鼻孔，在睫毛边聚集，还有传送带不间断的轰响，在狭窄的地底听起来酷似机关枪。可"填工"看起来像铁打的，也像铁人一样干活。他们真的酷似铁——捶打成型的铁雕——从头到脚覆盖着煤屑做的光滑外套。眼见在井下裸身作业的矿工，你才会意识到他们是多么杰出的人。他们大多身材矮小（高个子做这工作是个劣势），几乎个个有副绝佳体型：宽肩膀，结实而灵活的腰，小而凸的臀部，强健的大腿，哪里都没有一点儿赘肉。在炎热的矿井他们只穿一条薄短裤、木鞋和膝盖垫；在极热的井下则一丝不挂，只穿木鞋和膝盖垫。仅凭外表很难辨别年轻年老。最年长的可能有六十岁，甚至六十五岁，然而一丝不挂却全身覆满煤屑的他们看起来都很相像。这工作需要年轻人的好身体，还需要一副军人的体魄；腰上只要多仅仅几磅肉，不间断的弯腰就弯不下去。那场景见过一次你就忘不了——一列跪地、躬腰的身影，浑身乌黑，挥动巨大铁铲铲起煤块，又快又狠。他们要一连工作七个半小时，理论上没有休息，因为没时间"停"。在换班间隙可以挤出大概十五分钟，吃自带食物，通常是一大块面包蘸滴油和一瓶冷茶。我头一次看填工干活时，手碰到煤屑中滑溜溜的东西。是一片嚼过的烟草。几乎人人都嚼，据说这样就不容易渴。

或许在下过好几个矿井以后你才会对身边正在进行的采矿过程有更多了解。主要是因为仅仅从一个井到另一个井就很不容易，很难再注意到别的。从某方面说甚至令人沮丧，或者说至少不像你预想的那样。你钻进像电话亭那么宽，却比它长两三倍的钢制笼子。一次能运十人，像罐头里的沙丁鱼那样堆进去，个子高的人在里面都站不直。门在你头顶关闭，在地上操作卷扬装置的人送你下落进黑暗。你胃里一阵翻腾，耳鼓胀痛，却不太能感觉到笼子的移动，快要到底才突然慢下来，不禁给你它在上升的错觉。笼子行进速度可达每小时六十英里,在更深的矿井速度甚至更快。出了笼子,你就身处距离地面约四百码深的地下,也就是说,你头上顶了一座不算矮的山。数百码高的坚硬岩石、灭绝猛兽的骨头、底土、燧石、各种植物的根茎、草地,还有吃草的牛群——所有这些都悬在你头顶,仅仅靠一根根不过你小腿粗细的木头抵挡。但是因为载你下来的笼子速度极快,下落过程中又是完完全全的黑暗,你觉得自己仿佛身处比皮卡迪利地铁也深不了多少的地下。

真正出人意料的是,还要水平爬走相当远一段路。我下井之前粗略地想象矿工出了笼子,就去几码远之外的煤面上干活。我不知道他干活之前还得先爬一阵巷道,有从伦敦桥到牛津马戏团那么远。起初矿井是立在煤层附近,那片煤采光了,再采后面的新煤层,于是离井底越来越远。一英里[①]可算平均距离,三英里也相当常见,据说甚至还有相距五英里远的。但这距离和地上距离没法比。无论一英里还是三英里,主路都不宽,甚至没多少地方人能直立站着。

你不会明白这感觉,除非真的走过几百码远。一

[①] 1英里等于1609米。

开始，稍稍弓腰，走进昏暗的巷道，八、十英尺宽，约五英尺高，两侧墙壁是由页岩板垒成，像德比郡的石墙。每隔一两码远就有木头给梁架承重，有些梁架已弯曲得需低头避让。想走快也快不起来——脚踩进厚厚的灰尘，踩到大块大块的页岩突出的尖角，有的矿井里还积水，如饲养家畜的院落一样肮脏。还有为运煤铺设的轨道，像缩微铁轨，走着很麻烦。一切都是灰的，被页岩屑所覆盖；不论矿井大小，到处都有一股浓重刺鼻的灰尘味。你会看到猜不透到底是干什么用的种种神秘的机器，铁丝上挂着一捆捆工具，不时有老鼠钻进暗处。老鼠竟是井下的常客，特别是用到马匹的矿井。它们最初是怎么到矿井的，那一定很有意思，很可能是不小心掉进来的——因为他们说老鼠无论从多高处摔下来都毫发无损，相对体重而言其表面积大得多。你紧贴墙壁，给一列列运煤箱让路，它们颠簸着，慢慢地朝井口驶去，由从地面控制的一条望不到头的钢索牵着。你慢慢穿过粗麻布帷幔，和一扇扇厚墩墩的木门。这些门是通风系统的重要组成，敞开时会猛地涌进阵阵空气。氧气耗尽的空气会通过风扇组从一个通风井抽出，同时新鲜空气会自动涌进另一个通风井。如果任空气自由流通，其流通路径总是最短的,身处地下更深处作业的工人就无法给氧,因此每条捷径都得一一断开。

起初弓腰走路像个笑话,然而没过多久就笑不出来了,我被自己罕见的身高所拖累。但是天顶矮至四英尺(或更矮)时,人人走路都不容易,除非是小矮人或者小孩。弓腰还不算,还要一直抬着头,注意别撞到突出的梁架。因此你的脖子一直僵着,可比起膝盖和大腿的疼痛就不值一提。走了半英里之后走路成了(我不是在夸张)无法忍受的折磨。你不禁想还能不能到达——到了又怎么返回。步伐慢了,更慢了。你到了一段有数百码长的巷道,低矮得不能再低,只能蹲着挪过去。突然天顶大开,高得吓人——很可能是一块岩石坠落的现场——足足有二十码远你都能直立行走。如释重负。可紧接着又是一段一百码远的低矮,紧接一段梁架密集处只能爬过去。你双手双脚着地,即使这样也比蹲着走强。只是在试着站起来时,你发现膝盖僵硬得举不起你的重量。你很没面子地喊等一等,说想休息一两分钟。向导(一个矿工)很富同情心,他知道你的肌肉和他的不一样。"再有四百码就到了,很近。"他这样说是想鼓舞人,你觉得他还不如说还有四百英里远。最后,你终于爬到了采煤面。

你走一英里,花了快一个小时;一个矿工只需二十分钟出头。到了采煤面,你不得不在煤屑里趴一阵,才有力气做别的,哪怕是集中精神看别人干活。

  回程更糟,不仅仅是你已经筋疲力尽,还因为返回的路有些上坡。以龟行速度爬过低矮处,这回喊停一停可毫不犹豫,膝盖一动都不能动。甚至提着的灯也碍手碍脚,没准脚底一绊就摔碎了,要是戴维灯就熄灭了。遇到梁架弓腰越来越吃力,有时就忘了。你想像矿工那样低头过去,却撞到后背。即使是矿工也常常撞到。这就是为什么在极其闷热的井下——井下干活时只穿短裤——大多数矿工都有他们叫做"buttons down the back"的东西,即每一节脊椎上都有的永久的疤。遇到下坡路时,矿工有时会把木鞋——底部中空的——固定在轨道上,顺着滑下去。在更难走的矿井,人人都得带约两英尺半长、在把手下挖有洞的棍子。一般路段可以拄着,经过低矮处时可以把手套在洞里借力。还有木制防护头盔——和棍子相比较晚近的发明——也是及时雨。它们看起来像法国或意大利钢盔,由某种木髓制成,非常轻,抗击能力一流,头部被猛击一下也完全感觉不到。最终,你回到地面,刚刚在地底待了大概三小时,走了两英里,比在地面上一口气走二十五英里累得多。之后一周，你的大腿肌肉都僵硬着，下楼梯吃力无比，你不得不直着腿，膝盖不敢弯。你的矿工朋友注意到你走路时发紧的腿，开起玩笑（"在井下干活怎么样"等等）。即使是个矿工，很久不下井——比如因为生病——再回去干活，头几天也够他受的。

看起来我好像在夸张，可是还没人见识过老式矿井（英格兰大多数矿井都是老式的），哪怕是有人真的下井一直下到采煤面那么远，也可能会说我在夸张。但我想强调的是，在巷道里爬进爬出，对任何普通人来说都算苦事，可这根本不算是矿工的工作，只是额外的一点点，就像城市人每天搭地铁。矿工爬到煤面，再爬出来，中间是一连做七个半小时野蛮活。我去煤面的路程从未超过一英里多，而更常见的距离是三英里，这样不是矿工的我和大多数人连到采煤面都到不了。这一点常常被人们忽略。当你想到矿井，你想到的是井深、高温、黑暗、正在切煤的黑漆漆的身影，你不一定会想到爬进爬出的路程。还有时间的问题。矿工要一口气工作七个半小时才换班，听起来不是很长，但是还得加上一天至少花一小时在"旅行"上，两小时更常见，三小时也有。当然，"旅行"技术上不属于工作，矿工也拿不到报酬，它却和工作没什么区别。说矿工不介意这些很容易。毫无疑问，他们所处情形和你我的不同。他们还是孩子时就下井了，要使用的种种肌肉都锻炼出来了，因而可以在地底移动自如，敏捷得令人错愕。矿工低着头，遇到障碍物一跃而过，而我只能蹒跚着过去；在巷道里，他们四肢着地前行，躲过一道道坑木，几乎活像是狗。但是以为他们享受这个就错了。我和许多矿工谈过，他们都认为"旅行"是艰苦的工作；不论何时，当你听到他们谈论矿井种种时，"旅行"总在话题之内。通常说返工总比上工快，可矿工们都说在一天艰辛工作后，离开矿井的路特别难走。这是工作的一部分，他们也能够胜任，但无疑很费一番力气。这或许好比在你每天上班之前翻一座小山，下班以后再翻一遍。

下过两三个矿井后，你对地底下的采煤过程有点了解了（顺便说一句，我对采矿技术一无所知，我仅仅描述我所看到的）。煤藏在巨型岩层之间，只是薄薄的一道，因此把煤挖出来就像挖出一只三色冰淇淋的中间那层。过去矿工使用镐和铁撬棍来直接切煤——进展缓慢无比，因为煤，原始状态的煤，几乎和岩石一样硬。如今，劈开煤层的工作由电动切割机完成——基本组成是一组坚固有力的巨型组合锯,水平运动,而非垂直。锯齿有十几英寸[①]长,半英寸或一英寸厚。借助自带电力,它可以向前或向后移动,工人可以操作它朝这边或那边旋转。顺便说一句,它的噪声骇人,大得找不到几个能超过它的,卷出的团团煤屑染得两三英尺外就是漆黑一片,也呛得人几乎窒息。机器沿煤面运转,切进底部,深度达五或五英尺半;之后就容易一些,只需把机器切下的煤采出。难切的地方,则要靠数次爆炸来炸松。工人使用电钻,很像修街道用的电钻缩小版,在煤面上每隔一段钻洞,塞入火药粉末,用黏土封口,躲进附近角落(他理应退至二十五码远),用一股电流来引爆。这一步不会炸出煤,只是弄松动。当然,有时炸药威力太大,炸出了煤,也炸塌了天顶。

炸松以后,"填工"就能把煤弄出来,断成小块,再铲上传送带。起初是重约二十吨的巨型煤块。传送带再把煤吐进大桶,一桶桶煤涌进主路,由一根望不到头的钢索牵引着进笼子,吊升至地面,再由网面过筛,必要时也冲洗。尽量剔除"污物",也就是页岩,

---

① 1英寸等于2.54厘米。

后者会用来铺路。其他废渣被运至地面，倾倒一边，就有了巨大的废渣堆，如一座座十分丑陋的灰色大山，是煤区的标志性景致。一拨机器切下的煤开采完毕，采煤面向前推进五英尺，需要架起木头来支撑刚刚露出的天顶。下一班矿工要拆卸传送带，向前挪五英尺，再组装。切割、爆破和开采尽可能分别在三个轮班内完成，下午切割，晚间爆破（有一项法律，时时也打破的，是有其他人在附近工作时禁止实施爆破），早班采煤，采煤从早上六点持续到下午一点半。

即使看到了采煤过程，你可能也只是看那么一会儿，只有在你仔细算一算时，你才会意识到"填工"干了多少活。通常每人得清四五码宽的一片煤，机器切煤至五英尺深，如果煤层有三四英尺高，每人得切断、铲起、运上传送带的煤有七至十二立方码。也就是说，以一立方码重二十七英担①计算，每人运煤速度接近每小时两吨。我对镐和平锹并不陌生，可以理解这意味着什么。在花园里挖沟时，如果一下午挖走两吨土，我觉得我可以喝杯茶了。但是土比煤好挖得多，而且我也不必跪着干活，在一千英尺深的地下，

---

① 1英担等于112磅，合50.8千克，27英担约合1.38吨。

在窒息的闷热里，每呼吸一下都吞煤屑，我也不必在干活前先弓腰走个一英里。采煤工作远远超出我的体力，如同让我表演高空荡秋千或赢得越野障碍赛马①般无法胜任。我不是体力劳动者，求老天让我永远别是，但有些体力活我能做，如果不得不做的话。缺人手时我可以充当马路清扫工，或不太灵巧的花匠，甚至是最不熟练的农场工人。但是没有经过足够多的训练，我当不了矿工，不出几周我就得丧命。

看着矿工工作，一时间你会觉察到，不同的人生活的世界是多么不同。在地底深处挖煤的世界，一个人完全不知道它的存在也能顺畅地过日子。或许相当一部分人甚至宁愿不知道那个世界的存在。它却是我们这个世界不可缺少的一部分。我们做的每一件事，从吃一个冰淇淋到穿越大西洋，从烘焙一条面包到写一本小说，都要用到煤，直接或间接。和平日子里做什么都需要煤；如果战争爆发，需要的更多得多。革命时矿工必须一直干活，否则革命必须停止，因为革命与保守一样，需要大量煤。地表不管在发生着什么，挖煤铲煤都要一刻不停地继续，停也最多不能超过几

---

① 1839年开始的年度赛马比赛，全长4英里856码，约7200米，其中有30次跳跃。

个星期。为了让希特勒可以阅兵,让教皇可以斥责布尔什维克,让看板球的观众可以聚集在伦敦大板球场,让娘娘腔诗人可以互相吹捧,煤都要不停地产。但是,我们并没有意识到煤;我们都知道"必须有煤",却很少,甚至从来想不起采煤是怎么一回事。我在这里,舒服地坐在炉火前写作。四月了,我却仍需要炉火。每隔两周,运煤车开到门前,穿皮坎肩的男人们把一袋袋煤抬进屋里,重重地扔进楼梯下的存煤处,煤散着柏油的味道。极其偶然地,还要努力联想,我才能把运进屋里的这些煤同矿井里那遥远的劳动联系起来。这只是"煤"——我不得不备下的东西;不知从哪里运来的黑块,就像吗哪①,只是你不得不付钱。你可以轻轻松松开着汽车穿越英格兰北部,却想不起在几百英尺深的地下,矿工正在铲煤。但是,可以说,是矿工驱动你的汽车前进。他们那靠小灯照亮的地下世界是地上世界的必要部分,如同根之于花。

　　早些时候的矿井更糟。年轻时在井下干活的妇女有的依然在世,那时她们四肢着地,腰上绑着挽具一般的带子,一条锁链拴过她们的腿,来拖拽一桶桶煤,

---

① 《圣经》中所述以色列人在荒漠中获得的神赐食粮。

甚至怀孕时也要继续拖拽。即使是现在，如果没有怀孕妇女来回拖拽，煤就无法产出的话，我猜我们还会让她们继续拖拽，而不是放弃使用煤。不论怎样，我们往往把她们忘在脑后。各种体力劳动都是如此，它们生产出我们赖以为生的东西，我们却无知无觉。或许，矿工是最能够代表体力劳动者的，不仅因为其工作如此骇人的糟，更因为它是至关重要的工作，却离我们的日常生活如此远，如此隐形，隐形得叫人能够忘记，如同忘记血管里的血。甚至看他们干活也是一种羞辱。一时间你会怀疑自己"知识分子"的身份和所谓的地位。你意识到，至少在看他们干活时会意识到，只是因为矿工们豁出了一条命，上等人才能保持上等。你、我、还有《泰晤士报文学副刊》编辑、娘娘腔诗人、坎特伯雷主教、还有X同志，《幼儿读马克思》的作者——我们所有人相对而言还算富足的生活，都实实在在是地底苦工换来的，他们双眼漆黑，喉咙塞满煤屑，用双臂和腹部的钢铁肌肉挥动大铲。

第三章

矿工从矿井上来，脸苍白得煤屑面具也遮不住，因为他一直在呼吸污浊空气，会逐渐失去血色。对一个之前从未去过矿区的英格兰南部人而言，换班时几百名矿工从矿井涌上来的景象堪称奇特，也有点骇人。那一张张疲惫的脸，鼻孔、眼眶……都附满污垢，看起来凶恶、野蛮。在其他时候，脸洗干净以后，他们和一般人无甚两样。他们肩头展开，走路时身体挺得非常直，来缓解在井下不停弯腰的劳累。大多数是矮个子，不合身的厚衣服遮隐了健壮的身体。他们最明显的特征是鼻子上的蓝色疤痕。每个矿工的鼻子和额头上都有，直到死都不会褪。地底空气中浮动的煤屑钻进每一道伤口，皮肤覆在上面生长，形成一道蓝色的痕，像文身一样。事实上，这就是文身。有些老矿工额头上的纹路多得像罗克福尔干酪。

矿工一到地面上，就会喝一点水漱清在喉咙和鼻孔藏得最多的煤屑，然后回家，洗不洗脸看个人习惯。

据我所见，我得说大部分矿工愿意先吃饭，再洗脸，换做是我也会这么做。眼见一个矿工有着中世纪流浪艺人般的脸，坐下来喝茶再平常不过，除了因为吃东西而变干净的通红的嘴，整张脸完全是黑的。吃过饭他端过一个相当大的盆，极有条理地洗起来。先是双手，然后胸膛、脖颈和腋窝，然后前臂，最后是脸和头皮（头皮上污垢附着最厚），这时他妻子拿毛巾来擦洗后背。他仅仅洗上半身，可能肚脐还满是煤屑，即便如此，只用一盆水就洗个大概也需要技巧。而我自己，我发现在下过一次井后，我得彻底洗两次澡。从眼皮上去除煤屑这一项就得花十分钟。

有些较大的、设施较完备的煤矿公司在井口附近设有浴室。这是极大的便利，矿工不仅可以每天舒服地、甚至可算享受地洗澡，还有两个寄物柜，可以把矿服和日常衣服分开放。因此，刚上来时还像黑人一样黑的矿工，不出二十分钟就能衣着整洁地去看足球比赛。但是有浴室的矿井并不多，部分原因是煤层并非开采不尽，不值得每立一个井，就建一个浴室。我无法获得准确数字，很可能远远低于三个矿井里有一个矿井配井口浴室的比例。很可能大多数矿工一周至少有六天腰以下完全是黑的。想在自己家里彻底洗个澡十分困难。每一滴水都得加热，在一个小小的起居室里，有炉灶和若干家具，还有妻子和几个孩子，可能还有只狗，根本没有多余地方来好好洗个澡，甚至拿盆水洗都会溅到家具。中产阶级的人们喜欢说矿工即便是有条件也不会正经洗澡，人人都会使用井口浴室这一事实显示了这种说法是胡扯。仅在非常年迈的人中间还流传着洗两条腿"会腰痛"的说法。而且大多数现有井口浴室是由矿工们自己出钱建立，以矿工福利基金的名义。有时煤矿公司会出一部分钱，有时基金负担全部。但毫无疑问，直到现在，住在布赖顿①某处公寓的上了年纪的女士们还喋喋不休着"如果你给那些矿工浴室，他们只会用来装煤"。

事实上，在闲暇时间本来就所剩无几的情形下，矿工清洗规律得出奇。认为一个矿工的工作时间仅是七个半小时大错特错。七个半小时是在井下干活的时间，但是正如我已经解释过的，还得加上"旅行"的时间，这很少小于一小时，常常要花三小时。此外，大多数矿工还得花好一阵时间在往返矿井上。在整个工业地区，房子十分紧缺，只有在那些小矿村，即以矿井为中心形成

---

① 英格兰南部沿海度假城市。

的村子，人们才算住得近。在我待过的那些相对较大的矿镇，几乎人人都要乘公共汽车，每周半个克朗①可算是平均花销。我借住过的一户人家，有位矿工上早班，从早上六点到下午一点半。他得凌晨三点四十五分起床，下午三点左右才能回来。我借住过的另一户人家，有个十五岁的男孩上晚班。他晚上九点出发去工作，早上八点回家，吃过早饭马上睡觉，睡到晚上六点，因此他的闲暇时间是大约四小时——实际还少得多，如果你去掉清洗、吃饭和更衣的时间。

矿工从一班换到另一班时，他的家人不得不跟着变更作息时间，那一定非常烦累。如果他上晚班，早上回来能赶上吃早饭，上早班的话他下午三点左右到家，上下午班则凌晨三点左右到家；不管怎样，他都想一回家就吃上他这一天最主要的一顿饭。我注意到尊敬的 W.R. 英格（W. R. Inge）牧师在其所著《英格兰》(*England*) 一书中斥责矿工暴饮暴食。据我自己的观察，我得说他们吃得非常少。大部分我借住过他家的矿工都吃得比我还少一点。很多人都说如果之前吃得太饱就没法干活，随身携带的也只是垫垫肚子

---

① 合 2 先令 6 便士。

的东西，常常是面包滴油和冷茶。他们把吃的装进叫"snap-can"的扁盒，绑在腰带上。矿工晚上很晚回家的话，他妻子会等他回来；要是上早班则自己弄早饭，这似乎是种习俗。显然那古老的迷信，认为上早班前看见女人是凶兆还未灭绝。据说以前的矿工要是在清早碰到一个妇女，往往转身就走，那一天都不开工。

在来矿区之前，我也以为矿工收入相对来说还不错，这种说法流传很广。人们风闻一个矿工一班可挣10或11先令，再做个小小的乘法，得出每个矿工每周约挣3镑，一年可挣150镑。但是"一个矿工上一班可挣10或11先令"这种说法非常有误导性。首先，只有"切工"能挣到这些钱，而一个"棚工"，处理天顶的人，工钱就低了，通常是8、9先令一班。"切工"是计件论酬，许多矿井以吨数计，工钱取决于煤的质量，机器出现一次故障或煤有了"瑕疵"——指一道煤层里夹了一缕岩石——一次就要劫去他一两天的工钱。而不论哪种工人，都并非一周工作六天，一年工作五十二周。几乎肯定有些天得"歇工"。在1934年的英国，每一个采煤工人每一班的平均工钱（包括各个年龄段，且男女均含）是9先令1¾便士。[①] 如果人

---

① 引自1935年《采煤业年鉴》和《采煤业名录》。——原注

人都一直上工，这意味着一年挣 142 镑多一点，或者说接近 2 镑 15 先令一周。而一个矿工的真实收入，远比这低得多，因为这只是实际开工的平均工钱，没有把歇工天数计算在内。

我眼前有一个约克郡矿工的五张工资支票，是为 1936 年初五个星期（非连续）开出的。平均一下，每周收入粗计为 2 镑 15 先令 2 便士，这个数目接近一个轮班挣 9 先令 2½ 便士，但这是冬天的工钱，几乎所有矿井都全日开工的季节。临近春天，煤需求减少，越来越多的人"暂时停工"，而仍开工的其他人每周也有一两天歇着。因此，很明显，把 150 镑，甚至 142 镑当做矿工的年收入是大大高估。事实上，1934 年，矿工年收入平均仅为 115 镑 11 先令 6 便士。不同地区之间收入差别巨大，苏格兰平均可达 133 镑 2 先令 8 便士，而在达勒姆，比 105 镑还少一点，即一周挣 2 镑多一点。这些数据我是从《煤斗》(*The Coal Scuttle*) 得来，由约克郡巴恩斯利镇镇长约瑟夫·琼斯（Joseph Jones）先生所写。琼斯先生补充：

> 这些数据也涵盖了未成年矿工的收入；既包括收入较高的工种，也包括收入较低的……收入格外高的

人群也计算在内，如某些管事人，较高的加班费也计算在内……

这些数据取平均值后，并未揭示出成千上万的成年矿工，其工钱比平均值低得多，每周仅拿30、40先令，甚至更少的情况。

着重号为琼斯先生所加。请注意，这么微薄的收入也是粗估，因为有各种款项每周都要从工钱里扣除。这里有一份清单，代表了兰开夏郡某矿区的扣款情况：

	先令	便士
保险（失业险和健康险）	1	5
租灯费		6
工具维护		6
监秤费		9[①]
疗养		2
医疗		1
公益基金		6
会费		6
总计	4	5

---

① 付给监秤人，即代表矿工确认矿方所秤矿重的人。

有些扣款,如公益基金和会费,可算做是矿工自愿付,其他的则是煤矿公司强制扣费。不同地区也有差别。比如,让矿工付灯费这样明显的欺诈(每周6便士,一年要付多次),不是哪里都收。但是合计起来总额似乎都差不多。在约克郡矿工的五张工资支票上,平均收入粗计为一周2镑15先令2便士,扣去各种款项,平均净收入仅为2镑10先令6½便士——一周减少了4先令7½便士。而工资支票,自然,仅仅列出煤矿公司强制支付或通过公司扣除的款项,还得加上会费,这样扣掉的工钱总计达4先令多。说每一个成年矿工每周都得从工钱里扣除4先令左右并不为过。因此115镑11先令6便士——1934年矿工平均所得——实为将近105镑。有人可能会反驳,大多数矿工有补助,自家用煤可以低价购买,通常是8、9先令一吨。但是据上文所引的琼斯先生的调查发现,"所有津贴的平均价值,就全国而言仅为每天4便士"。而且这4便士,往往被往返矿井的车费抵消。因此,就整个行业来说,矿工能真正带回家的,能叫做自己的工钱的,平均来看不会超过、或许还略低于每周2镑。

同时,每个矿工平均能产多少煤呢?

采煤业人均产煤吨数逐年稳步增加,尽管十分缓慢。1914年，人均产煤两百五十三吨；1934年，人均产煤两百八十吨①。这当然是各种矿工都包括在内算出的平均值，那些实际在采煤面作业的矿工产煤量要多得多——可能很多人都采掘了远超一千吨的煤。仅拿两百八十吨当做代表数字，也足以显示劳动成果之巨。把一个矿工的劳动和其他人做个比较。如果我活到六十岁，可能写了三十本小说，足够填满两个中等尺寸书架；相同时间内，一个普通矿工产煤八千四百吨，足够铺特拉法加广场近两英尺深，或供给七户大家庭燃料使用超过一百年。

在前面提到的五张工资支票中，多达三张都盖着"死亡扣款"图章。一个矿工干活时意外身亡，其他矿工通常要为他的妻子捐款，每人1先令，由煤矿公司收取，自动从工钱里扣除。这里有个重要细节，橡皮图章。和其他行业相比，矿工发生意外的几率如此之高，几乎像在参加一场小型战争，死亡都见怪不怪。每年，约九百人里有一名矿工丧生，约六百人里有一人受伤；当然，大多数伤是小伤，却也有相当数量的伤导致完全残废。这意味着如果一个矿工的工作

---

① 数据出自《煤斗》一书，《采煤业年鉴》和《采煤业名录》给出的数据稍稍高一点。——原注

时限是四十年，受伤几率近七比一，当场身亡的几率可谓二十比一，在危险系数上没有哪个行业能与之相比。第二危险的是航运业，每年近一千三百人中就有一名水手丧生。这当然是就整体而言，实际在井下干活的矿工受伤几率更高得多。每一个我曾交谈过的做工很久的矿工，要么自己出过较为严重的事故，要么看到同伴丧生。每一个矿工家里都有不少故事，父亲、叔叔或兄弟是怎么出了意外（"他急坠七百英尺，要不是他正穿着一件新的防水外衣，都找不齐尸体"等等，等等）。有些故事骇人至极。比如，有个矿工和我讲起他的一个朋友，一个"棚工"，被一块坠落的岩石掩埋。他们赶紧奔过去，挪出头和肩膀，让他能够呼吸，他还活着，和他们说话。可天顶又塌了，他们不得不跑开躲避，"棚工"又一次被埋。他们又一次冲向他，挪出头和肩膀，他又活了，和他们说话。天顶第三次塌落，这次他们没法挪动他，一连几个小时，当然，他死了。讲这个故事的矿工不觉得这是个特别骇人的故事（他自己曾被埋过一次，但很幸运，头被夹在两条腿中间，就有一点儿缝隙供他呼吸），重点在于那个"棚工"非常清楚干活的地方不安全，每天都有发生意外的准备，"他的神经一直紧绷着，上工前都吻妻子。她后来告诉我,他有二十多年没吻过她了"。

事故发生的最显而易见的原因是瓦斯爆炸,瓦斯或多或少,总在井下存在。有一种特殊的灯,用来检测空气中瓦斯的含量;戴维灯也可用来检测,如果灯芯燃到极限,而火焰仍是蓝色,含量就高得危险了。检测并不容易,因为瓦斯并非在井下均匀分布,而是积蓄在岩石缝隙间。开工前一个矿工常常把灯探进各个角落来检测一番。瓦斯可能被炸煤时点燃的火花引爆,或被一铲铲到石头溅出的火星、出了毛病的灯以及"自燃火"——在煤屑里阴燃的火,非常难扑灭——引爆。那些一次又一次发生的、导致几百名矿工丧生的重大矿难,常常是由瓦斯爆炸引起,因此人们可能认为这是在井下作业的主要危险。实际上,绝大多数事故是日常危险,尤其是天顶塌落。比如岩石中的"溶洞"——一块块大到足以致命的石头,以子弹的速度从这些圆形孔洞中落下。找父谈过的所有矿工都认为所有"提速"的新机器,让干活变得更危险,如果没记错,只有一个人不这么看。这当然有心理保守的原因,但他们可以举出很多实际理由。首先,如今的采煤速度意味着一大片天顶无木头支撑的时间大大延长,达数小时之久。还有机器的震动,把什么都震松了。必须记得，一个矿工在井下的安全多半倚仗自己。一个富有经验的矿工声称凭某种本能知道顶要塌的时候，用他的话说是"可以感觉到压在他身上的重量"。比如他能听到梁木微弱的断裂声。为什么木梁仍比铁梁用得多，因为木头在快垮塌时有微弱的断裂声以示警，而铁梁则毫无预兆说塌就塌。机器发出的摧毁式噪音掩盖了其他一切声音，因而危险程度大大增加。

当一个矿工受伤时，肯定不能马上救出他。他被好几英担重的石头压着，在不得翻身的地底缝隙里躺着。即使被解救出来，还得拖着他的身体走一英里，或更远，在巷道里走没人能站得直。你和一个受过伤的矿工谈到这个时会发现，在他们把他弄到地面上之前差不多已过去十二个小时。有时笼子也出毛病。它以一辆特快列车的速度上下突进几百码，是由地面上某个人操作，他看不到下面的情况。有非常精密的指示器告诉他笼子行进了多远，但他可能犯错，就有几次笼子以最高速度撞向井底的例子。对我来说这种死法并不妙。当那个小小的钢盒在黑暗中呼啸下坠时，被锁在里面的十个人有那么一瞬间会觉察到不太对了，还未来得及细想，自己已成了肉酱。一个矿工告诉我他有一次被困在笼子里，笼子该慢下来时却没有减速，他们想一定是缆绳断了。然而他们安全到达井底。一踏出笼子,他发现自己掉了一颗牙,他一直咬紧牙,一直想着那恐怖的砸地。

　　如果不出意外事故,矿工看起来似乎还健康,显然他们必须健康,想想他们要用到多少肌肉。矿工易患风湿,肺功能差的人在那充塞煤屑的空气里可待不下去,而最突出的职业病是眼球震颤。这是一种眼病,凑近光时,眼球会奇怪地颤动。或许是工作环境所致,有时会导致完全失明。残疾矿工可以获得由煤矿公司支付的补偿,有时是一次性支付,有时是一周一付。这笔钱顶多一周29先令;少于15先令,还能从失业救济部门或公共援助委员会再领些钱。如果我是残疾矿工,我更愿意拿到一次付清的补偿。伤残补偿金无任何中央基金支持,煤矿公司一旦破产,也就无处领钱,尽管矿工也算是债权人。

　　在威根,我和一个患眼球震颤的矿工一起待了一会儿。他看得清屋对面,再远就不行。过去九个月他一直领着一周29先令的补偿金,眼下,煤矿公司正在商议把他放到一周14先令的"部分补偿金",这完全取决于医生的诊断,看他是否能"在地上"干轻活。即便如此,不用说,并无轻活可做。但他至少还能领到钱,煤矿公司一周则省了 15 先令。看着这个男人去公司领补偿金,我突然意识到地位仍制造着差异。这里有个男人因投身最有用的工作之一而落得半盲,来取他完全有资格取的补偿金,若说人还有资格索要什么的话。但他不能有所要求——比如,他不能决定何时以及如何领取。他不得不按公司指定的时间一周去一次公司,到了那里还得在冷风里等上几个小时。据我所知他也被要求行触帽礼,对给他补偿金的人表示尊敬。不管怎样,他都得浪费一个下午,花去 6 便士车费。对资产阶级的一员则非常不同,即使是像我这样潦倒的人。甚至在挨饿时我也还有与自己的地位相关的某些权利。我不比一个矿工挣得多多少,但至少付我的方式很绅士,钱打进我的账户,想什么时候取由我自己决定。账户没钱时银行人员也仍算有礼貌。

这种一点一点的不便,被看轻,一直等着候着,不得不做每一件事都要看别人的脸色,是工人阶级生活的一部分。一千种影响不间断地压迫着一个工人,把他压迫成一个被动的角色。他不行动,他被行动。他觉得自己是神秘的权威的奴隶,有一个牢牢的想法,"他们"决不会允许他做这个做那个,什么都不能做。以前采啤酒花时,我问挥汗如雨的摘工(一小时工钱不到6便士），为什么不组织起来。他们很快回答"他们"不会允许的。"他们"是谁？我问。似乎没人知道，然而"他们"却掌控一切。

一个资产阶级出身的人带着能够得偿所愿的期望生活，不高也不能算低的期望。因而危机来临时，"受教育的"人会冲到前面。他们不比其他人更有天赋，所受"教育"本身也十分无用，但他们习惯了受到一定程度的尊重，也就有了当指挥官所需的厚脸皮。他们会冲上前去似乎被视为理所当然，一直如此，到处如此。在里萨格雷（Lissagaray）所著《巴黎公社的历史》（*History of the Commune*）中有这样一段，有关公社被镇压后执行的枪决。当局要处决头目，他们不知道谁是，就按出身较好这一条来选。一位长官走过一排囚犯，挑出长得像的。一个被枪毙因为他戴了块表，另一个被枪毙因为他"有张聪明脸"。我应该不会因为长了张聪明脸而被枪毙，但我格外认同一点，不管什么样的起义，头目都会是说话不落 h 音的人。

第四章

走在一个个工业镇里,你会在一座座小砖房组成的迷宫里迷路。杂乱泥泞的小巷,被烟熏得漆黑的房子,细煤渣铺地的小院里摆着发臭的垃圾桶、一排排脏衣服和半垮的茅厕。尽管房间数量二至五个不等,格局却彼此酷似。都有个几乎一模一样的起居室,十或十五平方英尺,包括炉灶;大一些的房子起居室里还有洗涤间,小一些的则配有洗碗槽和大锅。屋后有院子,也可能是好几户共享一片院子,只有刚够容纳垃圾桶和厕所的地方。没有一户有热水。我想,你即便走过几百英里住满矿工的街,也遇不到一座能洗个澡的房子,尽管住在这里的每一个人每天在矿井里干活都得从头到脚一身黑。在厨房安装个热水设施再简单不过,但建筑公司不这么做,每一户都能省 10 镑,而且在盖这些房子的时候,没人想到矿工需要浴室。

值得注意的是,这些房子大多陈旧,至少已有五六十年,相当多的房子在普通人看来也不适合居住。

它们还能租出去，原因很简单，因为没有别的地方可住。这是工业地区住房问题的核心事实：问题不在房子狭窄、丑陋、不卫生、不舒适，或是分布在无比肮脏的棚屋区里，被喷吐浓烟的铸造厂、发臭的水渠和笼罩在硫黄烟雾中的废渣山包围——尽管这些都毋庸置疑——而仅仅是房子不够住。

"房屋短缺"这个词自一战以来散播得十分广泛，但是对收入在每周10镑以上的人来说它几乎没什么意义，甚至对每周5镑的人也是如此。租金高的地段找房子并不困难，找租客才难。在梅费尔区①随便哪条街上走走，你都会看到有一半房子都挂着"出租"的牌子。而在工业地区，仅仅是找房子难就是贫困最折磨人的地方之一。这意味着人们得忍受一切——偏僻简陋的棚屋、虫患、腐败的地板、裂缝的墙、吝啬房主的剥削和中介的敲诈——只为能有一片挡雨的屋顶。我到过那些极恶劣的房子，即使倒付我钱让我住也连一周都住不下去，却发现房客已经住了二三十年，唯一的希望是他们或许有死在那里的幸运。条件恶劣被视为理所当然，但并非没有抱怨。有些人似乎觉得房

---

① 伦敦西区高级住宅区。

子没有好坏之分，把虫患和漏雨屋顶看做是上帝的行事，另一些人则大骂房东；所有人都死守自己的房子，生怕还有更糟的事降临。只要房屋持续短缺，当地政府就不会对现有住房做多大修缮。他们可以"宣告"一座房子不宜居住，却没法下令推倒它，除非租客有别处可住，因此危房仍立在那里，甚至因为被宣告了不宜居住而变得更糟。显然，房东不会在迟早要推倒的房子上多花钱。比如像在威根这样的镇，有超过两千座房子被宣告不宜居住了很多年，却还没倒。如果有其他房子可住，整个镇都该被宣告不宜居住。在利兹和设菲尔德，有成千上万座"背靠背"型房子，均属此类，却仍会屹立数十载。

我在大大小小的矿村和矿镇走访了大量房屋，并对关键特征做了记录。我想从笔记中摘录一些（可称为随机抽取），来对房屋状况做恰当描述。这些只是简录，需要加以解释，我会随后给出。以下访自威根：

1. 位于沃尔盖特区。无后门型。楼上、楼下各一间屋。起居室12英尺×10英尺，楼上屋子同样大小。楼梯下有凹室，5英尺×5英尺，食物储藏、洗涤及储煤用。窗户可以打开。距公共厕所五十码远。租金4先令9便士，税金2先令6便士，总计7先令3便士。

2. 邻近的一座房。大小同上，但楼梯下无凹室，只有两英尺深壁凹，配洗碗槽——没有空地做食物储藏等用。租金3先令2便士，税金2先令，总计5先令2便士。

3. 另一座大小同上的房。完全没有壁凹，只在起居室前门里侧装有洗碗槽。租金3先令9便士，税金3先令，总计6先令9便士。

4. 位于肖勒斯区。危房。楼上、楼下各一间屋，15英尺×15英尺。洗碗槽和大锅在起居室，楼梯下有储煤洞。地面下沉。窗户都打不开。房屋相当干燥。房东人好。租金3先令8便士，税金2先令6便士，总计6先令2便士。

5. 附近的另一座。楼上、楼下各两间屋，有储煤洞。墙体格外破败。水大量渗进楼上的房间。地面倾斜。楼下窗户打不开。房东人坏。租金6先令，税金3先令6便士，总计9先令6便士。

6. 位于格林诺路。楼上一间，楼下两间屋。起居室13英尺×8英尺，墙体开裂，渗水。后窗打不开，前窗可以。一家十口人，有八个孩子，年龄都很接近。

市政委员会试图以过度拥挤为由驱逐他们，却找不到新房子给他们住。房东人坏。租金4先令，税金2先令3便士，总计6先令3便士。

威根就是这些，同样类型的记录有很多页。下面这个例子——在设菲尔德几万座"背靠背"房子中非常典型：

位于托马斯街。背靠背型。楼上两间，楼下一间屋（即一座三层房子，每层各一间屋）。有地窖。起居室14英尺×10英尺，楼上房间相应大小。洗碗槽在起居室。顶楼房间没有门，直通楼梯。起居室墙体轻微发潮，顶楼墙体破败，四处渗着潮气。房子暗得整个白天也一直开灯，电费估计一天6便士（或许夸张）。一家六口人，有四个孩子，丈夫（领救济金）患肺结核，一个孩子在医院，其他孩子看起来健康。已居住七年，想搬家，找不到房子。租金6先令6便士，含税。

这里有巴恩斯利镇的例子：

1. 位于沃特利街。楼上两间,楼下一间屋,起居室12英尺×10英尺,配洗碗槽和大锅,楼梯下有储煤洞。洗碗槽几乎磨平,不断溢水。墙体不太好。投币式付费煤气灯。房子很暗,煤气灯费估计一天4便士。楼上的两间实为一间大屋分隔而成。墙体非常糟——后屋的墙有一道贯穿的裂缝。窗框散架,得用木头填塞,雨从好几处地方打进来。地底有下水道流过,夏天有异味,市政委员会说"他们没办法"。六口人,有四个孩子,最大的十五岁,最小的在医院——疑患肺结核。虫患严重。租金5先令3便士,含税。

2. 位于皮尔街。背靠背型,楼上、下各两间屋,有大地窖。起居室10平方英尺,配洗碗槽和大锅。楼下另一间房同样大小,设计做客厅用,已做卧室。楼上房间同样大小。起居室非常暗,煤气灯费估计一天4½便士。距公共厕所七十码远。有四张床,八口人——上年纪的父母,两个成年姑娘(大的二十七岁),一个年轻小伙子和三个小孩。父母一张床,大儿子一张,剩下五个人挤两张床。虫患非常严重——"它们繁殖太快,灭不完。"楼下形容不出的邋遢,楼上味道骇人。租金5先令7½便士,含税。

3. 位于马普威尔(巴恩斯利镇附近的小煤矿村)。

楼上两间，楼下一间屋。起居室14英尺×12英尺，配洗碗槽。墙表灰泥剥裂。烤箱内无搁架。煤气稍有泄漏。楼上屋子均为10英尺×8英尺。四张床（六个成年人睡），"一张床没用"，很可能因为缺少被褥。离楼梯最近的屋子没有门，楼梯没有栏杆，人起床时脚悬空着，不留心就会跌落十英尺，摔在石头上。木头干朽得厉害，可以透过地板看到楼下的屋子。虫患，"我用浴羊药液来除虫"。这些小屋附近的土道很不像样，到了冬天几乎无法通行。石砌厕所在花园尽头，半垮。房客在此住了二十二年。房租拖欠11英镑，正在每周多付1先令来付清欠款。房东眼下拒绝继续拖欠，要求他们搬走。租金5先令，含税。

等等，等等，等等。我能够列举很多类似例子——可以列举出几十万个，如果在工业地区挨家挨户走访的话。有些记录也需要说明。"楼上一间，楼下一间"意思是每一层楼有一间屋子——即一座有两间屋的房。"背靠背"是两座建在一起的房子，房子两边分别是两户人家的前门，所以如果你走过一排看起来是十二座的房子，实际则是二十四座，前面的房子面向街，后面的房子面向后院，每户只有一个门可供出入。这样弊端十分明显，公共厕所在后院，如果你住面街那一边，想去厕所或倒垃圾就得从前门出去，转头一直走到底——几乎有两百码那么远；要是面向后院住，相反，你的视野内只有一排厕所。还有被称为"blind back"型的房子，是独立房子，但建造者省去后门不建——显然，只为偷工减料。窗户不开是老矿镇的特有习惯。有些镇因长年采掘地面持续下沉，房屋倾斜。在威根，你可以经过一整排一整排倾斜得厉害的房子，窗户距水平面倾斜十度、二十度。有时房子前墙鼓凸得像有了七个月身孕。可以复平，但新墙很快又会鼓凸。如果房子突然间下沉，窗户就永远卡住了，门得重新安装。这在当地不是什么奇闻。有个故事人们觉得可笑：从矿井上来的矿工回家发现进不了门了，除非拿斧子劈开。有几个例子我注明"房东人好"或"房东人坏"，因为房客对房东的评价迥异。我发现——也许如人所料想——小房东常常是最恶劣的。这不合常理，但人们能理解为何如此。想象中，最坏的棚屋房东是肥胖而邪恶的男人，很可能是个主教，从昂贵的租金里捞一大笔钱；而实际是，一个贫穷的老太太把一辈子积蓄都投在三座危房上，住一座，拿出租另外两座的租金过活——因此决不会有余钱来修缮房屋。

　　这些笔记仅仅是我的备忘录，仅此而已。读它们时会把我带回到当时所眼见的情景。就这些笔记本身而言，却并没有传达出多少英格兰北部棚屋区的真实情况。词语是如此无力的东西。像"漏雨的屋顶"、"八个人四张床"这样简短的词组有什么用？你的眼睛掠过，联想不到什么具体的东西。这些词组却能掩藏多少磨难！以过于拥挤来说，八个甚至十个人住在一座有三个房间的房子里再平常不过。这三间屋有一间是起居室，约十二平方英尺，除了炉灶和洗碗槽，还有一张桌子、几把椅子和一个碗橱，没地方再放一张床。所以八个十个人睡两个小房间，可能最多四张床。如果有成年人得去工作就更糟。我记得有座房子里三个成年姑娘挤一张床，每人工作时间都不一样，每次有人起床或进门都要吵醒另外两人；另一座房子有个年轻矿工上夜班，可以空出床来给家里人晚上睡。家里孩子都成年了又多一重困难，不能让儿子和女儿睡一张床。我去过一户四口之家，儿子和女儿都十七岁左右，只有两张床。父亲和儿子睡一张，母亲和女儿睡另一张，只能这样做来防止乱伦。还有漏雨的屋顶，潮湿的墙体，到了冬天有的房间几乎没法住。还有虫患，虫一旦在房子里扎根就除不清，除非房子快塌了，没什么办法能彻底除灭它们。还有开不了的窗户。不需过多解释这意味着什么，尤其是在夏天，小小的闷不通风的起居室，不做饭时火也得多少一直燃着。住背靠背型房子独有的难处，就是要走五十码远才能上厕所、倒垃圾，这一点也不鼓励保持整洁。面街的房子——至少是市政委员会管不到的小街——女人们养成垃圾扔在门前的习惯，因此阴沟里总是满满的茶叶渣和面包皮。而在永远面对一排厕所和一堵墙的后街房子里长大的孩子的境遇也值得深思。

在这种地方主妇只是可怜的苦工，困在做不完的活里。她或许精神头儿不低落，整齐卫生的标准可高不了。总有家务还没做，却没有省力机器，几乎没有转身的余地。刚洗完一个孩子的脸另一个又脏了，还没腾出工夫刷碗碟下一顿饭又该做了。我参观的房屋彼此迥异，有些好得是在这种条件下所能想象到的那么好，有的邋遢得一支笔都写不全。最先得说扑面而来的气味，简直无法描述，还有那邋遢和混乱！这里一盆满满的脏水，那里一盆满满的待洗的碗碟，更多碗碟堆在意想不到的地方，扯下的碎报纸扔得满地，屋子中间总是摆着一样乱糟糟的餐桌，罩着黏腻的防油布，上面挤满煮锅、炉钩火钳、补了一半的长筒袜，还有陈年面包碎块，奶酪碎块包裹在油腻腻的报纸里！还有小房间的拥堵，从一边走到另一边都难以挪动一步，得绕过一件又一件的家具，无论往哪边走迎头都是一排湿衣服，脚底下的孩子们像毒蘑菇一样繁密！有些情景在记忆中栩栩如生。某矿村的一间农舍，屋里空空荡荡，全家人都没有工作，都像在挨饿。一个个成年的儿子女儿瘫坐着，彼此古怪地相似，全是红头发，瘦高个子，苍白瘦削的脸；高个小伙子坐在火炉边，无精打采，甚至都没注意到有陌生人进门，慢慢脱下一只黏涩袜子。在威根，有间房子一切家具都像是纸板箱和木桶条搭建的，快要散架；一个老太太披头散发，脖颈漆黑，用兰开夏-爱尔兰口音骂房东，她母亲九十多岁了，坐在角落里给她当马桶用的桶上，茫然地盯着我们，一张黄而呆滞的脸。类似的陈设还有很多很多。

当然，家里邋遢有时要怪他们自己。即使你住的是背靠背型房子，有四个小孩，从公共援助委员会领每周总计 32 先令 6 便士的救济金，也不一定非要让满满的尿壶一个个立在起居室。同样，他们的生存环境也不鼓励自我尊重。决定性事件或许要算小孩的个数。

我见到的最整洁的家总是没有小孩的家庭，或只有一两个小孩；如果有六个小孩在一座两室一厅的房子里，想一切井井有条卫生整洁几近奢望。格外值得注意的是，最邋遢的地方不是一楼。即便你走访过很多人家，甚至去过赤贫家庭，也可能带着错误印象而返。你可能会觉得这些失业者还过得下去，起码的家具和正经餐具都有。其实，楼上房间才是真正暴露贫困的地方。是不是因为自尊使得人们守着起居室的家具直到最后，还是被褥更容易典当，我不得而知。我见过的许许多多卧室都非常糟。已失业在家好几年的人们中间，很少人有一整套铺盖。常常是根本没有被褥——只有一堆旧大衣和混杂的破布堆在生锈的铁床上。这使得过度拥挤更严重。我认识一户四口之家，有两张床，只能睡一张，因为没有多余被褥铺另一张。

如果谁想看看房屋短缺最坏能到什么地步，该去看看篷车屋，它们在英格兰北部许多镇都大量存在。一战以后，完全没有房子住的一部分人搬进据说是暂时落脚处的固定篷车。比如在约八万五千人口的威根，约有两百辆篷车屋，每辆都寄居着一户家庭——总数近一千人。在整个工业地区究竟有多少篷车屋聚集地，很难得出准确数字。地方政府闭口不谈，1931年的人口统计报告似乎已决意忽略他们。但是据我了解，他们在兰开夏郡和约克郡的多个较大镇里聚集，或许更北的地区也有。整个英格兰北部恐怕有几千甚至几万户家庭（不是个人）没有房子，只有一辆固定的篷车可住。

"caravan"这个词很容易引起误解。它让人联想到一幅舒舒服服的吉卜赛式露营画面，柴火生得劈啪作响，孩子们采摘黑莓，五颜六色的衣服在绳子上迎风飘飘。威根和设菲尔德的篷车屋聚集地可不是这样。我见过好几处。威根的那些我观察得十分仔细，从未见过比这更邋遢的住处，除非去远东找。我见到篷车时一下子就联想到我在缅甸看到的印度苦力住的肮脏的狗窝。事实上东方还没这么糟，因为那里不像我们这里不得不对付黏湿、刺骨的寒冷，何况烈日也是杀毒剂。

在威根泥泞的运河两岸，篷车就像一桶垃圾倾倒在一块块荒地上。有些的确是吉卜赛篷车，有年头了，破烂不堪。大多数是老旧的单层公共汽车（即十年前使用的小得多的公共汽车），卸掉轮子，底部用木头撑子撑起。有些只是一节节车厢，有窄条拱成的半圆形棚顶，上覆帆布，即里面的人和野外只隔一层帆布。这种篷车内部多约五英尺宽，六英尺高（在哪个篷车里我都不能完全站直），长六至十五英尺不等。有些篷车我猜只住了一个人，事实却是：我从没见过哪一辆少于两人。有的住了一大户家庭，比如，有辆十四英尺长的篷车住了七人——七人挤在约四百五十立方英尺大小的空间，即每人所占空间比一个公共厕所的隔间还小得多。篷车的肮脏和拥挤你无法想象，除非亲眼见到，尤其是用鼻子闻到，才知道糟到什么地步。每辆篷车都有小炉灶和能塞进去的家具——有时是两张床，往往是一张，全家人都得设法蜷缩进去。不能睡地上，因为湿气从底下渗上来。我被拉去看上午十一点还在滴水的一张张床垫。冬天太冷了，炉子得一直烧着，日夜不熄，而窗户，不用说，从来不开。水要去公共消防栓接，有些人提一桶水不得不走上一百五十或两百码。卫生设施完全没有。大多数人在篷车附近围一个小棚当做厕所，每周挖一个深坑填埋垃圾。所有人，特别是孩子们，都形容不出地脏，我也一点不怀疑他们惹人厌。他们不可能不脏。我走过一辆又一辆篷车，一个念头挥之不去，有人死在篷车里可怎么办？

　　有些人已在篷车里住了很多年。名义上市政委员会正在清理篷车聚集地，使住户搬进房屋，但房子还没建造，篷车也就还得住。我问过的人里大多数都已打消能再有个好住处的念头。他们都失业，工作和房子似乎同样遥不可及。有些人似乎完全不在乎，另一些人则很清楚自己处境有多艰苦。一个女人有张骷髅一样憔悴的脸，上面刻满屈辱。我猜，在那猪窝一样的地方，还要挣扎着让一大群孩子保持干净，她的感受，就如同我浑身是粪般会感到的。必须记得这些人不是吉卜赛人，而是体面的英国百姓，除了在篷车上降生的孩子，日子好的时候全都有自己的房子。这些篷车比吉卜赛篷车也差得太多，他们也不善于四处迁徙。不用说，还有中产阶级认为"下层社会"不在乎这些，乘火车时碰巧经过一片篷车，也会立刻想当然觉得人们自愿住在那里。如今我已不想再和这样的人争论。值得注意的是，住篷车并不省钱，住户付的和租房一样多。我没听说过哪辆篷车低于 5 先令一周（5 先令租两百立方英尺[①]！），还有高达 10 先令的。一定有谁从篷车上大赚了一笔！但很显然，不清理篷车，是因为住房紧缺，并非直接由贫穷所致。

[①] 约合 5.66 立方米。

曾和一个矿工交谈，我问他住房短缺在他所住区域从何时开始变得严重，他回答道，"当有人这么告诉我们的时候"。言下之意是直到最近，人们的标准低到极致，不管多么拥挤都视为理所当然。他又说自己还是孩子时，家里十一口人睡一间卧室，也没觉得什么。后来成了家，和妻子住进老式背靠背型房子，不只是得走上几百码才到厕所，还常常排队，三十六个人共用这个厕所。他妻子生病时（后来夺去她生命）仍不得不走两百码远去上个厕所。这个，他说，就是人们一直忍受着的，直到"有人这么告诉他们"。

我不清楚这是否属实，但是如今已没有人觉得十一口人睡一间卧室无所谓，即使是收入可观的人们也隐隐地被"贫民窟"的念头烦扰。因此也有战后时不时响起的"住房重建"和"贫民窟清理"。主教、政治家、慈善家以及别的什么人津津乐道于"贫民窟清理"，因为他们可以借此转移人们的注意力，避免注意到更严重的不公，也可以假装如果你消灭了贫民窟你就消灭了贫穷。这类呼吁取得的成果极其有限。如人们所见，拥挤依旧，甚至比十几年前更糟。不同地方处理住房问题进度迥异。有些镇似已陷入停滞，而另一些镇进展迅速，私人房东纷纷消失。比如利物浦，在市政委员会主导下，已被大规模改造；设菲尔德也在拆除危房建新房，十分迅速，尽管考虑到那里的棚屋区无人可及地糟，我们或许还不够迅速。①

为何住房重建进展如此缓慢，为何有些镇贷款建房比其他镇容易得多，我不得而知，这些问题该留给比我更了解地方政府运作的人来回答。市政委员会建一座房一般花费300至400镑之间，"直接招工"比由承包商建造花费少得多。这种房子平均租金约20多镑一年（不含税），由此可知，即使把运营开支和贷款利息计算在内，只要建尽可能多的可供出租的房子，任何市政委员会都能赚钱。当然，不少房子得让靠救济金过活的人住，因此地方管理部门仅仅是从一个口袋里掏出钱，又把这钱放进另一个口袋——即发放的救济金以租金形式收回了。不管怎样，他们也得发放救济金，眼下还是有不少钱是付给了私人房东。住房重建进展缓慢，官方给出的原因是缺乏资金和难以找到合适地块——因为市政委员会的房子不是零散建盖，而是一个个"住宅区"，有时一次建几百座房子。有一点令我困惑的是，住房如此紧缺，这么多英格兰北

---

① 1936年初，设菲尔德兴建中的市政住房有1398座，而棚屋区所需住房为10万座。——原注

部城镇却觉得兴建奢侈的公共建筑并无不妥。比如巴恩斯利镇，最近花费近15万英镑建新镇公所，这个镇还实实在在需要至少两千座工人住房，更别说还得建公共浴室（巴恩斯利镇的公共浴室有十九个男淋浴位——这是一个有七万居民的镇，大部分是矿工，没有一户家里有浴室！）。15万英镑可以建造三百五十座市政房屋，1万英镑建镇公所绰绰有余。我并不想妄称自己理解地方政府如何运作，我仅仅记录住房需求迫切的事实，而整体上看，建造速度十分缓慢，慢得不能再慢。

房子还是在建造中，市政委员会兴建的一个个住宅区，一排又一排小红房子，统统比两颗一模一样的豌豆长得还像（那表达是怎么来的？其实每颗豌豆都不一样）。内部格局以及和棚屋区比起来如何，我再从日记里摘抄两个例子来做准确说明。租客对新房的意见也大相径庭，支持和反对的各摘一例。都建在威根，都是较便宜的"无客厅型"房屋：

1. 位于比奇山住宅区

楼下，大起居室，含壁炉、若干壁橱和固定碗柜，复合地板，小门厅，厨房相当大。从市政委员会租借的新式电炉灶具，租金和燃气炉灶相当。

楼上，两个相当大的卧室，一个小间——只能做储藏室或临时卧室。浴室，厕所，配冷热水。

非常小的花园，住宅区内各家花园大小不一，大多都比一片可种菜的地小得多。

四口之家，有两个孩子。丈夫工作稳定，房子看起来坚固，也很美观。种种限制，如未经许可，禁止饲养家禽或鸽子，禁止招进房客，转租房子或做任何生意（招房客易被批准，其他则难）。这户人家对房子非常满意，也喜爱这房子。这一住宅区的房子都维护得很好，市政委员会善于房体保养，为保持整洁等等要求房客遵守规矩。租金 11 先令 3 便士，含税，进城公交费 2 便士。

2. 位于韦利住宅区

楼下，起居室 14 英尺×10 英尺，小得多的厨房，楼梯下有食物储藏间，很小。浴室不大，但十分不错。燃气炉灶，电灯。屋外厕所。

楼上，一间卧室 12 英尺×10 英尺，有小壁炉，另一间同样大小，无壁炉，第三间 7 英尺×6 英尺。最好的卧室有个嵌墙式小衣柜。

花园约 20 码×10 码。

六口之家,有四个孩子,大儿子十九岁,大女儿二十二岁。只有大儿子有工作。非常不满意这房子。抱怨:房子冷、有穿堂风、潮湿。起居室的壁炉用不了,还弄得屋里很脏——架的位置太低。最好的卧室里的壁炉太小,没用。楼上墙体开裂。最小的卧室睡不了人,结果五个人睡一间,一个人(大儿子)睡另一间。

这一住宅区内的花园都疏于照管。

租金10先令3便士,含税,距镇有一英里多,无公交车。

例子可以列举很多,但这两个足够典型,市政住宅类型不多,大同小异。有两点显而易见,第一,最差的房子也比它们所取代的棚屋好。仅仅是多了个浴室、一点点花园就足够抵消几乎任何缺陷;第二,租金贵得多。危房一周付6、7先令,新房子则需付10先令。这只会影响到有工作或刚刚工作的人群,因为救济金的四分之一规定为房租,高于这个比例失业者会获得额外补助。不管怎样,有一些市政住宅并非为领救济金的人群准备。还有其他因素使得在市政住宅区生活昂贵,无论你失业与否。首先,因为租金高,住宅区内的商店数量有限,也比外面贵得多。其次,不像挤在一处的棚屋,在一座相对较大的独立房子里住冷得多,得烧更多煤取暖。还有进城出城的交通费,特别是对有工作的男人而言——这一点引出了住房重建的关键问题。贫民窟清理意味着疏散人群。大规模重建所做的,就是把镇中心挖出来,在郊区重建。从一方面看是很好,你把人们从臭气熏天的小巷里搬出来,住进可以呼吸的地方;但是从搬迁者的角度看,你所做的是把他们抬起来,扔到距工作地五英里远的地方。最简单的解决方法是高层公寓。一定要住大城镇就得习惯一户住在一户上面。但北部工人不习惯公寓,甚至不屑地称之为"出租屋",几乎人人都告诉你他"想要一间自己的房子"。显然,对他们来说,比起半空中的一层,一丛绵延一百码的房群中的一间更像是"他们自己的"。

回到我刚才说的第二个例子,租客抱怨房子冷、潮等等,或许是房子建造质量差,也可能他在夸张。他之前住的棚屋在威根中心,我刚好观察过,那时他想尽办法来得到一座市政房,可刚一落脚他就想再回棚屋区。这看起来像无端挑剔,实则表达了真真切切的不满。我发现很多人,或许超过一半,并不太喜欢新房子。他们高兴终于摆脱了肮脏的棚屋区,知道有空地给孩子玩耍很好,但他们真不觉得自在。不这么觉得的通常是工作稳定的人,负担得起多些燃煤费、家具费和交通费,不管怎么说都是"有地位的"那类人。其他人,典型的棚屋区住户,则想念那闷不通风的温暖。他们抱怨"住在乡下",在城镇远郊他们快"冻僵了"。的确如此,大多数市政住宅区在冬天都十分荒冷。我到过那些房子,立在一棵树也没有的山坡上,终日经受冰冷的北风侵袭,住在里面的滋味可想而知。并非像圆滚肚子的资产阶级乐意相信的那样,住户自己想要肮脏、拥堵(比如,看看高尔斯华绥《天鹅之歌》(*Swan Song*)中关于贫民窟清理的对话,一个乐善好施的犹太人说,不劳而获的食利者一向认为是贫民窟住户制造了贫民窟,而非贫民窟制造出贫民窟住户)。给人一座好房子,他们会很快学着保持整洁;而且,住在美观的房子里,自尊和整洁都会提升,他们的后代也会有良好的成长环境。但是市政住宅区有一种令人反感、几乎像监狱一般的气氛,住在里面的人们充分感觉到了这一点。

这才是住房重建的核心困难。你经过曼彻斯特一个个被烟熏得漆黑的棚屋区时,你只想着把这些可憎的东西拆除，建起新房。问题是毁掉棚屋你也毁掉了别的东西。房子缺乏到极点，新房也盖得不够；就目前的新房子来说——或许难免——是以一种极其不人道的方式建造的。我不仅仅指房子的新和丑，什么房子都得新一阵子，事实上，建设中的市政住宅也并不丑陋碍眼。在利物浦市郊，有成片成片的市政住宅，十分美观；位于中心的工人公寓建筑群，我想，是仿维也纳工人公寓建造，更是悦目。但是整个事情里有冷酷、无心的东西，比如你住市政房就不得不遵守的规矩。你不准按自己的喜好来布置房子和花园——有些住宅区甚至规定每一户花园必须围同样的树篱。你不准养家禽或鸽子。约克郡矿工喜欢在后院养家鸽，每逢周日放出来比赛。但鸽子随地排泄，不准养是理所当然。对商店的限制更严格，只有几家，也有传言市政委员会和连锁店优先开店，也许这并不属实，但这种店确实常见。对普通人来说这够糟了，而在小店主看来就是灭顶之灾。很多小店被一些无视其存在的住房重建计划眼睁睁地毁掉。整个镇都被宣告为危房，房子会很快推倒，住户被转移到几英里以外的住宅区。这意味着这一区域内的所有客人都被一下子拿走，小店却不会因此得到一丁点赔偿。他们无法把店也迁过去，因为即使负担得起搬迁费用和高得多的租金，也可能拿不到营业许可。而小酒吧，在新住宅区几乎完全禁止，只有由大型啤酒公司开办的酒吧在营业，那种仿都铎风格的酒吧，死气沉沉，非常昂贵。对一群中产阶级而言这很烦心——意味着走一英里才能喝杯啤酒；对一群工人阶级来说，则是对其人际交往的重创，因为他们把小酒吧当成一种俱乐部。给棚屋区住户好房子住是很大的成就，不幸的是，我们这个时代秉持一种古怪的态度，认为也该因此剥夺住户的最后一点自由。住户感觉到了，所以才抱怨新房子冰冷、不舒服、"不像家"。

我时不时地想，自由的代价不该是没完没了的防备，就像无穷无尽的污垢。有些市政住宅在准许入住之前要求系统清除寄生虫，除了正穿着的那身衣服，所有家私都被拿走，熏蒸消毒过后送到新房子。这一处理有它的道理，要是把虫夹带进新房太可惜（只要有一丝机会，虫就会钻进行李跟着你走），然而这种处理也使人希望"hygiene"（卫生）这个词可以从字典里灭绝。虫患糟糕，人们让自己像绵羊一样任人清洗更糟。也许棚屋区清理必须包含一定限制和非人道，因为归根结蒂，最重要的是人们能在正经房子里居住，而不是住在肮脏的猪圈。我亲眼目睹了太多棚屋区，就没法像切斯特顿那样对其赞不绝口。一个孩子们能够呼吸清洁空气，主妇们能有几样替她们做家务的机器，男人有一点花园可消遣的地方，当然好过利兹和设菲尔德那臭气熏天的后街。总体上看，市政住宅区比棚屋区好，但仅仅好一点儿。

在了解住房问题过程中，我走访了不少矿镇和村落，参观、调查的房子总共有一两百座。不得不说，我在各地都遇到善良的人们，他们待人格外友好。我不是一个人去的——经常由失业的朋友领路——即便如此，闯进陌生人家里，要看卧室墙上的裂缝也是粗鲁的。然而每一个人都无比耐心，似乎无需解释就明白我为什么问他们问题，我想看什么。要是随便哪个人走进我的房子问我屋顶是否漏，是不是被虫患困扰，我觉得房东怎么样，我可能会叫他滚开。这我只遇到过一次，那是个有点听不清的妇女，以为我是个经济状况审查的探子，即便是她，过了一会儿也不再拒绝，对我问的知无不言。

据说一个作家不应该引述有关自己的评论，会破坏文章布局，我现在却想反驳一位《曼彻斯特卫报》书评人，他这样说到我的一本书：

不管在白教堂区①还是在威根驻扎，奥威尔先生（Mr. Orwell）始终竭尽所能，对一切好的视而不见，一心诋毁人性。

错。奥威尔先生的确在威根"驻扎"了很久，却没有想诋毁人性的意思。他非常喜欢威根——那里的人们，而非景观。其实他只发现了一点毛病，有关著名的威根码头，那是他一心想见的。唉！威根码头已拆毁，甚至连在哪儿都说不清了。

---

① 位于伦敦东部。

第五章

当你看到失业人口数据为"2 000 000"时,可能认为这不过意味着两百万人失业,其他人都还过得不错。必须承认,之前我也一直这么想。我曾推算,如果把登记在案的失业人数估为两百万左右,再加上赤贫人口,以及因为某种原因没能登记的失业人口,可以得出英格兰吃不饱饭的人口(每个靠救济金过活或境况类似的都算在内)最多有五百万人。

这仍是一个大大低估的数字,因为第一,失业数据显示的仅仅是实领救济金的那些人——即每家的户主。一个失业男人要养活的家人可没算在内,除非他们另领一份救济金。一位劳动力交易所的官员告诉我,想知道靠救济金过活(而非领取救济金)的真实人数,你得把官方数据乘以三还不止。仅仅这样失业人口就达到约六百万。但是还有相当多工作着的人,从经济角度看,几乎和失业者没有区别,因为他们拿到的工钱少得都难以糊口。① 加上这些人和靠他们养的家人，再算上领退休金的、赤贫人口和没登记的失业人口，吃不饱饭的人口总数远远超过一千万。约翰·奥尔爵士（Sir John Orr）的估算则为两千万人。

来为威根这个足够典型的工业镇算一算。上了保险的工人总数约为三万六千人（包括两万六千名男工和一万名女工），其中的失业人口，在1936年初约为一万人。这是冬天的统计，那时矿井还能全天开工；到了夏天，失业人口或许会升至一万两千人。如上文所述，再乘以三，你会得到三万至三万六千失业人口。威根人口总数接近八万七千，因此不论何时，总人口中每三人就有一人多——不只是登记的工人——要么领着救济金，要么靠救济金过活。那一万至一万两千名失业者中，始终包含着在过去七年间一直处于失业的四五千名矿工。而且威根的情况在工业镇里还不算特别糟。即使是设菲尔德，去年因为战争和战争的谣言，光景不错，失业率也几乎一样——登记工人中每三人有一人失业。

---

① 比如，最近对兰开夏郡各个纱厂的调查显示，超过4万名全职工人每周拿到的工钱还不到30先令。仅以普雷斯顿这一个镇为例，每周能拿到30先令以上的有640人，少于30先令的则有3113人。——原注

当一个男人刚刚失业时，在他的保险用光之前，可以领取"全额救济金"，分配规定：

	每 周
单身男工	17 先令
妻子	9 先令
14 岁以下孩子每人	3 先令

因此一个典型的有三个孩子（一个孩子超过十四岁）的五口之家，每周总共能领到 32 先令，这个数目包含了孩子能挣到的钱。当保险用尽，在转到公共援助委员会领钱之前，他会从 UAB[①] 领取二十六周的"过渡救济金"，分配规定：

		每 周
单身男工		15 先令
夫妇		24 先令
孩子	14—18 岁	6 先令
	11—14 岁	4 先令 6 便士
	8—11 岁	4 先令
	5—8 岁	3 先令 6 便士
	3—5 岁	3 先令

---

① Unemployment Assistance Board（失业救助委员会）的缩写。

因此一个五口之家每周能从失业救助委员会领到 37 先令 6 便士，如果没有孩子在工作的话。一个单身男工领失业救助委员会救济金时，四分之一被当做房租，至少是每周 7 先令 6 便士。若所付房租超过这个比例，会得到额外补助；若房租低于 7 先令 6 便士，救济金也相应减少。公共援助委员会救济金理论上由当地政府负责，但也有中央基金支持。分配规定：

	每　周
单身男工	12 先令 6 便士
夫妇	23 先令
最年长的孩子	4 先令
其他孩子每人	3 先令

不同地方救济金分配数额略有不同，由当地决定。单身男工不一定能领到额外的 2 先令 6 便士补助，如果能够，则每周可达 15 先令。公共援助委员会规定，已婚男工救济金的四分之一视为房租，由此可知一个五口之家每周能从公共援助委员会领取 33 先令，其中四分之一视为房租。此外，在很多地区，一份煤补助是每周 1 先令 6 便士（能买约一英担煤），会在圣诞节前后六周共十二周发放。

可以看出，领救济金的一户平均所得约为每周30先令。扣除房租后，平均每人的生活费——无论大人还是孩子，包括吃、穿、生火取暖以及其他开销，是每周6、7先令。数量相当庞大的人口，或许工业地区总人口中至少三分之一都这样生活。经济状况审查的执行极其严格，稍有迹象显示你从其他渠道领钱，救济金就停发。以通常只干半天活的码头工人为例，每天必须去劳动力交易所签到两次；错过签到就会被当做是有工作了，救济金相应取消。我知道几件钻审查空子的，但不得不说，在工业镇，邻里关系仍算热络的工业镇，想既领钱又工作还能瞒人耳目可比在伦敦难得多。常用的办法是，实际和父母一起住的年轻人弄个别的地址，另领一份救济金。但是有不少监视和谣言。比如我认识的一个男人，被人看到在邻居外出时帮他喂鸡。这被报告给了上面，说他"有了一份喂鸡的工作"，他百口莫辩。在威根盛传的笑话，是一个人因为"有份用车拉柴火的工作"而被拒付救济金。有人看到他在夜里用车拉柴火。他不得不解释自己没有拉柴火，而是在收拾家当准备开溜。"柴火"是他的家具。

经济状况审查的实施所造成的最残酷的后果是离

间家庭。老年人，包括需要长期卧床的老人，被审查逐出自己的家。领养老金的人，如一个鳏夫，通常是住在某个子女家里，每周10先令的养老金也投入家用，他可能得到不算坏的照料。但在经济状况审查看来，他算做一个"房客"，他在家的话其子女的救济金会被扣除一部分。因此，在七十岁或七十五岁时，他不得不去租一个房间住，把养老金交给房东，过着饥寒交迫的生活。我亲眼见过好几个这样的老人。此刻，全英格兰到处都有这样的老人，拜经济状况审查所赐。

尽管失业非常严重，贫穷——赤贫——在英格兰北部工业地区并不像在伦敦那样明显。一切都更破败，汽车少见，衣着入时的人也少见，一眼能看出是赤贫的人也不多。即使像在利物浦或曼彻斯特这么大的地方，乞丐也极少。伦敦像个漩涡，吸引着无家可归的人。它如此空旷，显得生命如此孤寂。除非你犯了法，没有人会注意你，崩溃也容易，而在左邻右舍都认识你的地方可不太容易。在工业镇，老式的邻里热络的生活还没消失，传统仍然牢固，几乎人人都有家庭——因而也意味着，有一个家。在有五万至十万居民的城镇，没有临时工，也没有称得上是失踪人口的，比如，没有人露宿街头。而且失业救济分配规定倒是有个优点，即不鼓励人们单身。一对夫妇每周只有23先令的生活费，离挨饿也不远了，但他们能维系一个家，比一个每周领15先令的单身汉好不知多少倍。一个失业单身汉的生活非常糟。他偶尔会住寄宿舍，经常是"配家具"的房间，租金多为每周6先令，最多只剩9先令可以花（如6先令买吃的，3先令花在衣物、烟和消遣上）。当然，这点钱他不可能吃得好、照顾好自己，而且一周付6先令的住处也不鼓励他白天赖在屋里，所以他整天在公共图书馆或者其他暖和的地方游荡。暖和着——那几乎是一个失业单身汉冬天里唯一的念想。在威根，电影院是个好去处，票价也极便宜。通常4便士一张票，有些影院日场甚至只要2便士。即便是活活挨饿的人也乐意花2便士进电影院，来躲避冬天午后刺骨的寒冷。在设菲尔德，我被带到一个公共礼堂听牧师讲道，那是我所能想象的、也是我所听过的讲得最糟、内容最荒唐的布道。我觉得身体都忍不下去了，还未听到一半，我的双脚开动，似乎是它们自发的。礼堂里挤满了失业者，他们不得不为这个暖和的座位而忍受连篇蠢话。

有几次我眼见靠救济金过活的单身汉困窘至极的生活。我记得一群单身汉偷住在一座快垮塌的房子里——恐怕得算违法。也有些家具，大概是从垃圾场弄的，我还记得唯一的桌子是一张老旧的大理石镶面的盥洗台。但这样的情景并不常见。工人阶级单身汉很少见，只要一个男人结婚了，失业对他生活的影响相对而言很小。家里一贫如洗，但仍是个家。值得注意的是，在各地，失业并没有改变男人与女人的相对地位。在一户工人家里，男人是一家之主，而不是像中产阶级家庭那样，女人或婴儿是一家之主。比如，你在工人家里可看不到男人做家务。失业没有改变这种观念，从表面上看似乎有些不公。男人从早到晚在外面闲逛，女人还是忙得要命——其实更忙，因为她手里的钱更少。据我的观察，女人没有抗议。我相信她们，还有男人们，觉得倘若仅仅因为丢了工作就要去做个"玛丽安"，忙女人做的事未免太不男人。

但毋庸置疑的是，失业使人变得孱弱，无论已婚还是单身，相较女人，男人承受的压力更大。最优秀的头脑也不会对此质疑。有一两次我遇到过具有文学才能的失业者，还有我没见过面，偶尔会在杂志上看到有文章刊出的失业者。每隔很久，这些人会写出一篇文章或短篇小说，明显比大部分被书籍封面的推介人吹捧的东西都优秀。那么，他们为什么不好好运用这份才能？再没有人像他们那么闲，有那么多时间，为什么不坐下来写书？因为要想写书，你不仅仅需要舒适和独处——独处在一户工人家里很难——还需要安心。你无法集中精神，无法凝聚创造所必需的希望，倘若失业那凝滞的阴云正笼在头上。况且喜欢书的失业者可以用阅读来消遣。那些拿起书就头疼的人怎么办？比如一个矿工，还是孩子时就下井干活，所接受的训练就是如何采煤，没有别的。他该怎么填掉空白的时日？说他该出去找找工作很荒唐。没有工作可找，这人人都清楚。你不能天天找工作一连找了七年。有些地块可以租种，可以消磨时间，种的东西家人可以食用，但是在一座大镇，只有有限地块给一小拨人。还有几年前开办的职业中心。总的说整个运动是失败的，但有一些还开办着。我参观过一两个。有可取暖的屋子，还有各种课程，教授木工、制靴、制皮、手摇机织布、编筐、编海草篓等等。这些课程本着男人可以为家人制作东西的观念而授，工具免费使用，材料也便宜。大多数我接触过的社会主义者都没对这个运动说过好话——它引起讨论，却没达成过什么——他们也不赞成给失业者一小块耕地。他们说职业中心仅仅是个让失业者保持安静的地方，让他们以为自己的处境有所改善。毫无疑问，那是潜在的动机。让一个男人忙着缝补靴子，他就不太可能读《工人日报》。而且这些地方有种令人厌恶的基督教青年会（YMCA）氛围，你一踏进门就能感觉到。失业者遇到的常常是要向他行触帽礼的人——那种油滑腔调地告诉你他"滴酒不沾"，投保守党票的人。即使在这里你也会觉得自己被相反方向的力撕扯。因为也许一个男人应该把时间浪费在哪怕是编篓这样的无用功上，也好过他年复一年真的什么都不做。

最为失业者出力的是 NUWM——失业工人联合会。这是一个革命性的组织，旨在团结失业者，阻止他们在罢工时倒戈，针对经济状况审查提供法律咨询。这个组织从无到有，完全是由失业者们自己一便士一便士筹集，一点一点建立起来。我见过很多成员，非常佩服他们。和其他人一样，他们衣着破旧，也吃不饱饭，却仍在维持组织正常运作。更佩服他们做动员工作时拥有的耐心和策略，因为从靠领救济金生活的人口袋里哄劝出哪怕只是一周一便士的征订费也不容易。如我之前所说，英国工人阶级没有显现出太多领导能力，却拥有绝佳的组织才能，整个工会运动证明了这一点；还有一个个不错的工人俱乐部——其实就是种组织精细的互助吧——在约克郡随处可见。失业工人联合会在不少镇都设立了临时庇护所，并且安排共产主义者来演讲。但是即使在这里人们也无事可做，只是围坐在炉边，偶尔玩玩骨牌。如果这一运动能和类似职业中心的理念结合，应更能符合实际需要。眼睁睁看着一个有技术的男人完全无所事事，一年年地颓废下去，太不应该。我们不应该把他弄成一个总喝可可的基督教青年会成员，就连用自己的双手给家里打把椅子之类的事都没机会做。我们也要面对事实，在英格兰有数百万人这辈子都别再想有正经工作做——除非又一场战争爆发。能够为失业者做的，也理所应当该为失业者做的，是给每一个人一块地，并提供无偿工具——若他也想这样做的话。靠一点点 PAC 救济金维生的男人们甚至连为家里种菜的机会都没有，这太说不过去。

想研究失业及其影响，你得去工业地区。在英格兰南部失业是存在，却较为分散，而且并不显眼。很多偏远地区几乎从未听说过有失业这回事，你也不会在别处见到整个街区的人都靠救济金过活。只有当你在谁都没有工作的街上住下来，在那里有份工作似乎像有架飞机那么不可能，有份工作比在足球彩票里赢 50 镑更不可能时，你才会开始理解，我们的文明正起着变化。同七八年前相比，贫困的工人阶级的态度已大大不同。

我第一次意识到失业问题是在1928年。那时我刚刚从缅甸回国——在那里失业只是一个词而已。去缅甸时我还是个十八九岁的孩子，战后繁荣还未结束。我头一次走近失业者时，惊骇地发现很多人对失业感到羞耻。那时的我非常无知，却还没无知到在海外市场的丧失导致两百万人丢了饭碗的情势下，认为这两百万人比在加尔各答赌马的人更该被指责。但是那时没人敢于承认失业是不可避免的，因为这意味着承认它可能会一直持续。中产阶级仍闲聊着提起"靠救济金过活的懒散的闲人"，说着"这些男人都能找到工作，如果他们想找"。自然而然地，这些说法也渗透进工人阶级自己中间。我头一次混进流浪汉和乞丐中间时，发现有相当一部分、或许有四分之一我曾被教导着认为是厚脸皮的社会寄生虫的人，是善良的、年纪轻轻的矿工和棉纺工人，我还记得我是多么震惊于这一事实。他们盯着命运，就像落入陷阱的动物那样茫然地吃惊；他们无法理解在自己身上发生了什么。他们从小就工作，可是等等！好像他们再也没有机会工作了。处在他们的位置，起初不可避免地会被自尊受挫的感觉萦绕。这是那时对失业问题的态度：失业是一种碰巧发生在你这一个人身上的疾病，得了失业病你理应受责。

当一百万矿工里有四分之一都失业时，埃尔夫·史密斯，一个住在纽卡斯尔后街的矿工会失业就不是意外了。埃尔夫·史密斯只是二十万失业人口中的一个，一个统计单位。但是没有谁会觉得把自己看成一个统计单位很容易。只要街对面的伯特·琼斯还在工作，埃尔夫·史密斯一定会觉得自己没面子，活得失败。恨自己一无是处——这可谓失业最害人的地方——远比各种磨难更糟，比日复一日无所事事更糟，只比埃尔夫·史密斯的靠救济金过活的小孩们的弱身子骨强一点。每个看过格林伍德（Greenwood）的戏剧《救济金上的爱》（*Love on the Dole*）的人都记得这辛酸一幕，善良而茫然的工人拍着桌子喊："老天，给我点儿工作吧！"这不是戏剧虚假的夸张，而是从生活中得来。这句话在过去十五年间，几乎和戏里一模一样，从几万、乃至几十万英国家庭中喊出。

然而现在人们不会再这样大喊了，即使喊，也没那么频繁。人们不想以卵击石。毕竟，即使是中产阶级——是的，即使是乡村桥牌俱乐部里的人——也渐渐意识到确实有失业这东西存在。"亲爱的，我一点也不相信那些失业什么的胡扯。否则为什么上周我们要给花园除草还找不到人。他们不想工作，就是这样！"这种五年前在每张体面茶桌上都能听到的话变得少了，而工人阶级自己对经济知识也领会甚多。我相信《工人日报》对此贡献很大：它的影响力比起发行量来说大得多。不管怎样他们吃足了教训，不仅仅因为失业如此普遍，也因为其持续如此之久。一领救济金就要领上好几年，他们渐渐习惯了，尽管领救济金仍不愉快，但却不再可耻。因此，唯恐进济贫院的自立传统被削弱了，如同古老的欠债恐惧被分期付款制削弱了一样。在威根和巴恩斯利的条条后街，我眼见各种困窘，比起十年前，如今更多对困窘的罔顾。至少，如今人们领会到失业是他们无能为力的东西；如今不只是埃尔夫·史密斯没有工作，伯特·琼斯也丢了工作，而且两人没有工作已经很多年。当每个人都面临同样窘境时，一切就大大不同了。

所以这一大群人这辈子都要委身于救济金了。令人钦佩，甚至让人觉得是种希望的，是他们接受了这一点，却不至于精神崩溃。一个工人阶级在贫穷的重压下没有像一个中产阶级那样崩溃。比如工人阶级觉得靠救济金结婚没什么大不了，住在布赖顿的老妇人可接受不了，这却是工人阶级骨子里好的证据。他们意识到你丢了工作并不意味着你就不是人了。所以从一方面说，贫困地区情况还没那么糟，日子过得仍一如往常，比一个人所能想象的还平安。家家户户都一贫如洗，家却没解体。人们还是像从前那样过，只是俭省了不少。不是反抗命运，而是降低标准，使生活变得可以忍受。

降低标准不一定是不买不必要的东西，只买必需品；更常见的是恰好相反——也更符合常理，如果你仔细想想的话。因而有了这样的事实，在前所未见的十年萧条中，各种廉价玩意的销量都增加了。最具颠覆力的或许当属电影和一战后廉价而时髦的衣服的批量生产。十四岁就不再念书、找到一份工作的年轻人，在二十岁失业（可能从此失业一辈子），用分期付款花2镑10先令就能买到一套行头，乍看上去（且离远点儿看）就像是萨维尔街的私人定制。女孩们可以穿得像时装模特，花费还更少。你口袋里可能只有三个"半便士"硬币，在这世上一点奔头也没有，只有破屋的一角是你的窝；但是穿着新衣服站在街角，你可以沉浸在自己隐秘的白日梦里，想象自己是克拉克·盖博或葛丽泰·嘉宝,这是极大的慰藉。甚至回到家还有一杯茶可以喝——一杯"好茶"——而父亲,自1929年就失业至今的父亲,正难得开心一会儿,因为他得到了哪匹马会赢的可靠内幕。

一战以后的市场不得不做出调整,来满足工资极低、吃了上顿愁下顿的人群的需要,结果是现在的时髦货几乎总比必需品便宜。一双朴素耐穿的鞋价格上等于两双时髦鞋。用一顿饭钱你能买两磅廉价糖块。3便士买不了多少肉,却能买一堆鱼和薯条。牛奶一品脱3便士,甚至"淡"啤酒也要4便士,七粒阿司匹林却只需1便士,一包重四分之一磅的茶叶可以冲四十杯茶。还有赌博,最便宜的消遣。即使是快活活挨饿的人也能花1便士买一张刮卡,买几天希望("有点儿盼头",他们说)。有组织的赌博如今几乎成为主要行业。比如足球彩票,年营业额约600万英镑,几乎全是从工人的口袋里赚走的。希特勒重新占领莱茵兰时,我刚好在约克郡。希特勒、洛迦诺①、法西斯主义以及战争的威胁在当地没引起多大兴趣,足协终止

---

① 瑞士南部城市,1925年10月英、德、法等七国在此签署洛迦诺公约,约定莱茵兰地区为非军事区。希特勒公然违背公约,于1936年3月占领莱茵兰。

预先公布赛程的决定（为打压足球彩票）却把整个约克郡都激怒了。还有电影，给饥肠辘辘的人们送去奇迹观赏。你可能因为没有铺盖哆嗦一宿，但是天亮了就可以去公共图书馆，看从旧金山和新加坡电传来的报纸新闻。两千万人都吃不饱，可人人都能接触到收音机。我们在食物上失掉的在电上补了回来。整个工人阶级被掠夺走真正需要的一切，由廉价玩意补偿了一点，来填充生活的表面。

你觉得这一切值得吗？不，我觉得不值得。但是，也许工人阶级所能做的就是像现在这样，调整心态。他们没有揭竿而起，也没有失掉自尊；他们只是克制脾气，靠着吃鱼和薯条努力过日子。苦日子熬久了会发生什么，只有天晓得；也许会引起暴动，而像在英格兰这样强硬的国家，仅仅会导致无谓屠杀，催生野蛮镇压的政权。

当然，战后廉价小玩意的蓬勃发展对我们的统治者而言是件幸事，是鱼和薯条、人造丝袜、沙丁鱼罐头、打折巧克力（两盎司[①]重巧克力五条只需6便士）、电影、广播、浓茶和足球彩票阻止了革命的发

[①] 2盎司等于56.7克。

生。因此有时我们会听到这都是统治阶级的狡猾策略的说法——所谓"面包和马戏"的伎俩——来降服失业者。我所观察到的统治阶级无法说服我他们能想得那么复杂。事实虽是事实,却是无意间发生——生产者需要一个消费市场,食不果腹的人们需要一点廉价的慰藉,彼此需要,再自然不过。

第六章

我还是小孩时,有个演讲者每学期都来学校做一次精彩演讲,讲那些历史上的著名战役,布莱尼姆[①]、奥斯特里茨[②]之类。他喜爱引用拿破仑那句"军队靠胃行军",演讲临近尾声,他会突然盯着我们,大声喊:"世界上最重要的是什么?"我们要一起喊:"吃的!"没喊的话他就很失望。

显然,他说的没错。人就像个往里装食物的口袋;其他各种功能和才干或许显得很不可思议,但在时间上看还是排在吃后面。一个人死去,被埋葬,他说过的话、做过的事都被遗忘,他吃下的食物却还活着,活在他孩子们或坚硬或腐坏的骨骼里。说饮食的种种改变比朝代的更迭,甚至比宗教的改信更重要,我觉

---

① 布莱尼姆战役。1704年在巴伐利亚布伦海姆村附近,英军在马尔巴勒公爵率领下击败法国和巴伐利亚军队。
② 奥斯特里茨战役。1805年在现捷克共和国奥斯特里茨镇附近,拿破仑击败奥地利和俄国军队。

得这很有道理。比如一战或许根本不会发生，如果罐头没被发明的话。英格兰过去四百年的历史或许会极其不同，如果根用作物和其他各种蔬菜没在中世纪末期引进，还有稍晚后不含酒精的饮料（茶、咖啡、可可）以及蒸馏法制酒没被引进的话。可是最最重要的食物，却是最不引人注目的，到处可见政治家、诗人、主教的雕像，却不见厨师、培根腌制师、蔬菜农场工人的一座像。据说查理五世为烟熏鲱鱼的发明者立过雕像，这是此刻我唯一能想到的例子。

因此，有关失业者真正重要的，以长远计，是他们吃什么为生。如前所说，平均而言失业家庭靠一周约30先令的收入过活，这笔钱至少四分之一交了房租。余下的钱怎么花，值得一一列清楚。这里有份预算，是一对失业矿工夫妇为我写的。我请他们为一周花销尽可能准确地列个清单。这个男人的救济金是一周32先令，不光要养活妻子，还有两个孩子，一个两岁零五个月，一个十个月。清单如下：

	先令	便士
房租	9	½
服装会	3	0
煤	2	0

煤气		1	3
牛奶		0	10½
会费		0	3
保险（保在孩子）	0	2	
生肉		2	6
面粉（两英石①）	3	4	
酵母		0	4
土豆		1	0
滴油		0	10
人造黄油		0	10
培根		1	2
糖		1	9
茶叶		1	0
果酱		0	7½
豌豆和卷心菜		0	6
胡萝卜和洋葱		0	4
桂格麦片		0	4½
肥皂、洗衣粉、染料等		0	10
合计	1 镑	12	0

---

① 2 英石等于 12.7 千克。

此外，每周有三袋奶粉给婴儿，由婴儿保健所负责供给。

还要多说几句。首先，这张清单遗漏了很多——鞋油、胡椒粉、盐、醋、火柴、引火柴、刮胡刀片、更新炊具、更换老旧家具和寝具，这些只是最先想到的东西。花钱买了这个就得少买那个。更耗钱的是烟。这个男人刚好抽烟不多，但一周仍至少花掉1先令买烟，这样买食品的钱又少了。失业者每周要付那么多钱的"服装会"，是由大型布店经办，遍及所有工业镇。没有他们，失业者完全买不了新衣服。我不清楚是不是也得通过这个服装会购买被褥，列清单的这一家就没有像样的被褥。

在上面的清单中，如果花1先令在烟上，扣除这样那样非食品花销，还剩16先令5便士半。就算16先令，把婴儿花销除外——因为它的奶粉每周由保健所提供。这点钱要负担三个人的全部营养供给，有两个是成年人，还包括煤、煤气费。头一个问题是，即使在理论上说，一周16先令能否让三个人得到足够营养。经济状况审查引起热议之际，竟有人争辩过维生一周的最少花销该是多少。我记得一伙营养学家得出的结论是5先令9便士，另一伙，更慷慨大方的，认为是 5 先令 9 便士半。由此引发寄到报社的读者来信，声称自己在靠一周 4 先令过活。这有一份周预算（它刊登在《新政治家》和《世界新闻报》上），是我从很多此类预算中选出的一张：

	先令	便士
三条全麦面包	1	0
半磅人造黄油	0	2½
半磅滴油	0	3
一磅奶酪	0	7
一磅洋葱	0	1½
一磅胡萝卜	0	1½
一磅打折处理饼干	0	4
两磅枣	0	6
一罐甜炼乳	0	5
十个橙子	0	5
合计	3	11½

请注意，这份预算不包括任何燃料费。事实上，作者直言他买不起生火燃料，什么东西都生吃。眼下这封读者来信是真是假不重要，我认为该承认的是，这张清单显示了怎么花钱才最合理；如果你不得不靠

一周3先令11便士半过活，最多只能买上述食物。因此，也许靠公共援助委员会的救济金也可以满足营养需要，如果只买基本食物，不这样买就办不到。

现在，拿这张清单和失业矿工的预算做个比较。矿工一家一周只花10便士买绿叶蔬菜，10便士半买牛奶（记得他们有个不到三岁的孩子要喝牛奶），一个水果也不买，却花1先令9便士买糖（即约八磅[①]糖）、花1先令买茶叶。半个克朗买的肉或许是一个小关节和够炖一次的肉，更可能是四五听碎牛肉罐头。因此他们的日常饮食，是白面包和人造黄油、牛肉罐头、加糖的茶和土豆——极差的饮食。他们多花点钱买有营养的食物，比如橙子和全麦面包不是更好吗？又或者像《新政治家》读者来信的作者那样，省下煤气费胡萝卜生吃就行？是的，这些都是有可能的，但关键在于，没有哪个正常过日子的人会这么做。一般人宁愿挨饿也不愿啃黑面包和生胡萝卜。更邪门的是，你兜里的钱越少，你越不愿花钱买有营养的东西。一个百万富翁可以享受橙汁和利维他饼干的早餐；一个失业男人可享受不了。这里有我在上章结尾处说过的

[①] 1磅约合454克。

趋势在起作用。当你失业了，也就是当你吃不饱、疲惫焦虑、百无聊赖时，不想吃没滋味的营养食物。你想吃点有滋味的。总有些便宜又好吃的东西诱惑你。来 3 便士薯条！吃完再来个 2 便士的冰淇淋！水壶烧上我们都来一杯好茶！那才是你靠 PAC 过活时的心理状态。白面包、人造黄油和加糖的茶没多少营养，却好过黑面包蘸滴油和凉水（至少大多数人这么想）。失业是无穷无尽的折磨，尤其要用茶——英国人的鸦片——来冲淡。比起一片黑面包，一杯茶，甚至一片阿司匹林也是更好的刺激。

结果显而易见，是体质衰败。你用眼睛就能看到，或从关键的统计数据去推论。各个工业镇的平均体质差得可怕，甚至比伦敦还要差。在设菲尔德，你会感觉像走在一群穴居人中间。矿工干活无可挑剔，但大多数都身材矮小，肌肉被日复一日的工作锤炼得结实并不意味着其后代就天生好体质。矿工做的是最耗体力的工作。营养缺乏最明显的迹象，是人人一口坏牙。在兰开夏郡你得花很长时间才能看到一个还有一口天生好牙的工人。你真的见不到几个人牙还好的，除了孩子；即使是孩子们的牙也看起来脆弱、发蓝，我猜这是缺钙的表现。好几个牙医告诉过我在工业地区，一个人过了三十岁牙还没掉光非常罕见。在威根，不少人（年龄各异）都跟我说越早"弄掉"你这口牙越好。"牙我受够了"，有个女人这样说道。我寄宿过的一家有五口人，最年长的四十三岁，最年轻的是个十五岁的男孩。只有这男孩还有天生的牙，一颗，而这一颗牙也快掉了。统计数据也显示在任何大型工业镇，赤贫地区人口死亡率和婴儿夭折率通常是富裕地区的两倍——很多地区高不止两倍——这不需要解释原因了。

当然，泛滥的坏体质并非仅仅因为失业，整个英格兰平均体质的衰败可能由来已久，并不限于工业地区的失业者。虽然没有统计数据支持，但这是个你用眼睛去观察就不得不承认的结论，不管是乡村，还是伦敦这样的繁华地。乔治五世的棺柩穿过伦敦去西敏寺那天，我刚好困在特拉法加广场的人群中，有一两个小时，谁处在我的位置上都无法不大吃一惊，震惊于现代英格兰的体质之差。我周围的大部分人不是工人阶级，而是杂货店主—旅行推销员那类人，还有些富人。看看他们那副皮囊！无力的四肢，一张张带病容的脸，在伦敦惨淡的天空下！很难找到一个身材健壮的男人或面容姣好的女人，也难见一张有生机的脸色。国王棺柩经过，男人纷纷脱帽，在河岸街对面的一个朋友后来说，"现场唯一的一抹亮色是一个个秃头。"甚至那一列在棺柩旁行走的护卫在我眼里也和从前不同了。那些猛兽样的男人，胸膛似桶，胡须似老鹰翅膀般，都去哪儿了？二十、三十年前他们还经过儿时的我。埋了，我猜，埋在弗兰德斯泥地里。取代他们的是眼前这些苍白脸色的男孩，因为长得高被选中，结果就像从大衣里戳出来——事实就是，在现代英格兰，一个男人身高超过六英尺只意味着他瘦得皮包骨。如果英国人体质的确在衰败，毫无疑问这要追溯到第一次世界大战，一百万英格兰最优秀的男人被悉心挑选出来，送上战场，大部分人还未来得及繁衍后代就被屠杀这一事实。但是衰败开始得比这还要早，最终要追溯到不健康的生活习惯，换言之，追溯到工业化。我不是指在城镇生活的习惯——也许在城镇住比在乡下健康，在很多方面——而是指提供给你各种廉价替代品的现代工业技术。我们终究会觉察，比起机关枪，罐头才是更致命的武器。

不幸的是，英国工人阶级——在这一点上也可以说是英国人——对食物浪费丝毫不放在心上。我在别处说过一个法国筑路工对待一餐饭的态度比起一个英国人来说是多么文明,我不相信你能在一户法国人家里看到像英国人那样糟蹋食物。当然,人人都失业的赤贫家庭看不到太多浪费,但糟蹋得起的人家常常糟蹋。我能举出一个意想不到的例子。甚至是英国北部自家烤制面包的习惯本身也暗含浪费,因为一个常常加班的女人每周做一次面包,至多两次,做之前也不知道到底需要多少面包,通常一次烤六长条面包和十二个小面包,结果总得扔掉一些。这是英国古老而慷慨的生活习惯,很友好,在此刻却是雪上加霜。

据我所知,各个地方的英国工人都排斥全麦面包,通常在工人阶级地区买不到全麦面包,他们有时会说是因为它"脏"。我猜真正的原因是从前把全麦面包和黑面包[①]弄混了,而黑面包总是跟天主教和木鞋连在一起。(在兰开夏郡到处是天主教和木鞋,却没有黑面包!)英国人,特别是工人阶级的味蕾,几乎可谓自动地排斥好食物。宁愿吃豆子罐头和鱼罐头,不吃真正的豆子和鱼的人想必一年多过一年,而买得起真牛奶加进茶里的人们会很快投向炼乳罐头——即使那是用糖和玉米淀粉做的劣质品,上面写着大字"婴儿禁

---

① 全部或部分用黑麦粉制的面包。

食"。有些地区已在教失业者了解更多食物营养知识，也教怎样更合理地花钱。你听到这个会感觉自己被相反的力撕扯。我听过一个共产主义者演讲，提到这一点时变得非常气愤。他说伦敦上流社会一群群的女爵士们如今有胆量踏进东区的一户户人家，给失业工人妻子讲怎么买东西。他把这当做彰显英国统治阶级思维方式的例子。你先是只给一户人家一周30先令的救济金，又回头粗鲁透顶地告诉他们该怎么花这点钱。他说得非常对——我打心里同意。尽管如此，仅仅因为没有好习惯，人们就得把恶心的罐装炼乳倒进喉咙，甚至都不知道这比牛产的奶低劣，仍是不应该。

但是我怀疑失业者是否真的能从学习合理花钱中受益，因为他们的救济金仍算高的。一个靠公共援助委员会过活的英国人一周能领15先令，因为15先令是预估他能维生所需的最低值。假如他不是英国人，而是印度或日本苦力，吃米和洋葱就能活，他一周可领不到15先令——一个月领15先令就算走运。我们的失业救济金是很低，但却是为一个生活水平很高的民族设计的，并不太涉及节约不节约。如果失业者学会怎么更合理地花钱，会明显改善生活，我想过不了多久，救济金也会相应减少。

英格兰北部的失业者有一项大福利,即煤很便宜。矿区煤的零售价均为约1先令6便士一英担,英格兰南部则要约半个克朗①。而且,有工作的矿工常常能从矿井直接买煤,8、9先令就能买一吨,家里有地窖的有时会一次存放一吨,卖给失业者(恐怕算违法)。此外,盗煤行为在失业者中间很普遍,且有计划地进行。从行为上说算"盗",事实上对任何人都没有损害。从矿井运到外面的废渣里有些碎煤,失业者花相当长的时间把它拣出来。上午也好,下午也好,在那些古怪的灰色山头上,在硫黄烟尘中(许多废渣山都有火正燃着),你总能看到拎着袋子和篮子的人们来来回回蹲着,把小煤块撬出来,再踩着奇异精巧的自制自行车回去——用拣来的生锈零件造的,没有车座,没有链条,往往没有车胎——载着装有约一英担煤的袋子,半个白天的搜拣成果。赶上罢工时人人都缺煤,矿工们带着镐头和平锹来了,在废渣山上深挖。在长期罢工期间,在煤层露出地面的地方,矿工也进行开采,向地下挖几十码。

在威根,失业者争夺废煤如此激烈,以致形成了

---

① 合2先令6便士。

一个"抢煤"传统,这非常值得了解。真奇怪,这怎么从未拍成电影。一个失业矿工带我去见识这一幕。时值下午,久久积下的废渣山一样绵延,一条铁路从底下穿过。好几百衣着破旧的男人在"山"上等着,人手一只麻袋,衣后襟下绑着煤锤。从矿井运出的废渣先装载上卡车,再由一个火车头牵引,开上四分之一英里以外的废渣山,倾倒在那里。"抢煤"包括跳上行驶中的车厢,你成功着陆的那节就是"你的"了。眼下火车露头了。只听一声呼喊,一百人冲下斜坡,要趁转弯时跳车。即使转弯时火车速度也有每小时二十英里。他们猛地荡过去,抓住车厢尾部的环,借力保险杠吊在车厢上,每节都有五至十个人。司机完全不理会。他开到山顶,卸载车厢,只开一个火车头回矿井。眼下又载一列车厢回来了。衣着破烂的身影又猛冲出去。到最后,只有约五十人上不去一次火车。

我们爬上山顶。男人在铲刚刚倾倒的废渣,下方,妻子和孩子们跪着,双手在潮湿的废渣里迅速翻拣,挑出鸡蛋大小(或更小)的煤块。有个女人猛地抓起一块碎片,用围裙擦拭,审视半天,确定是煤,高兴地扔进麻袋。当然,你扒车厢前并不知道里面是什么,也许真是筑路废土,也许只是矿井里的页岩。运页岩的车就没有煤，可能有另一种可燃矿石，叫烛煤，看起来就像普通页岩，只是稍稍暗一些，会断裂成平行的一片片，像板岩。它勉强可充做燃料，卖不上价钱，却足够吸引失业者急切地寻找。页岩车厢上的矿工正在拣出烛煤，用锤子断开。在"山"脚下，没能跳上车的人们正费力搜拣滚下来的煤碎，比榛仁大不了多少的碎屑，若能找到，人们就很满意。

我们待在那里，直到火车不再开来。不出几小时，人们把倾倒的废渣都搜拣遍了。他们扛起麻袋，或挂在自行车上，走两英里路回威根。大多数家庭都收集了约半英担煤或烛煤，他们总共盗了五至十吨燃料。在威根，这种抢劫废渣车厢的事每天都发生，至少冬天如此，也不止一家煤矿公司。当然，这危险至极。我在的那天下午没人受伤，几周前有个男人两条腿都被碾断了，一周后又有个人被碾掉几根手指。行为上这是盗窃，但人人都知道，不这样就只是白白浪费。不时地，煤矿公司会谴责盗煤人，当天地方晨报会刊登一段两个男人被处罚款10先令的消息。这只是走走形式，没有谁去注意——事实上，登报的其中一人那天下午也在那里盗煤——盗煤人每人交一点钱凑齐罚金。盗煤被认为理所应当，谁都知道失业者无论如何都得弄到煤。因此每天下午，好几百个男人都冒着生命危险扒车，好几百个女人在泥里搜拣上几个小时——为那半英担次品燃料，价值9便士。

这一幕在我脑中定格，是我对兰开夏郡的印象之一：披着披肩系着粗麻围裙的矮胖女人，踏着沉重的黑木鞋，跪在煤渣泥里，跪在寒风里，急急搜拣煤碎。她们乐于这样做。冬天需要大量煤，几乎比吃的还重要。抬眼看看四周，能望多远就望多远，是一座座废渣山，和一个个煤矿公司的起重机械，其中哪一个公司都无法卖掉产出的所有煤。梅杰·道格拉斯[①]会对此很有兴趣。

[①] 梅杰·道格拉斯（Major Douglas, 1879—1952）：英国工程师，提出"社会信贷说"，主张为提高消费者购买力，应补贴生产者以降低价格，或将利润所得分给消费者。

第七章

　　如果你向北旅行，习惯了南部或东部景致的眼睛不会注意到有什么不同，直到越过伯明翰。考文垂还像在芬斯伯里公园①，伯明翰的斗牛场也酷似诺里奇市集②，整个英格兰中部地区遍布乡间别墅，与南部酷似。只有再向北一点，到了制陶镇子，再向北，你才开始见识到工业化的真实面目，丑陋，丑陋至极，却很有吸引力，你不得不去顺应。

　　废渣山是再丑不过的东西，毫无计划，也毫无用处可言。它就那样倾倒在地面上，像清空一个巨人的垃圾箱。各个矿镇的外围都这么糟，你目光所及处全是高低起伏的废渣山，脚下是泥和煤灰，头顶是钢缆，运送一个个盛废渣的大桶，绵延数英里。它们常常燃着，到了晚上，红色的小火苗随风摇曳，还有缓缓移动的蓝色硫黄火焰，眼看着快要燃尽，却再度燃起。

---

① 芬斯伯里公园（Finsbury Park）位于伦敦北部。
② 诺里奇市集（Norwich Market）位于英格兰东部诺福克郡。

甚至在沉解时（终归会沉解），只有一种褐色的草从那依然坑坑洼洼的表面破土而出。在威根棚屋区，有片游乐场曾是废渣山，像一片波浪起伏的海洋突然冰冻，"软床垫"，当地人这样称呼它。即使过了几百年，犁都可以在昔日的煤矿上翻走时，从高空俯瞰，久远的废渣山遗址依然会清晰可辨。

一个冬天下午，我在威根郊外。四周是月球环形山一样的废渣堆，向北穿过山口，你可以看到喷吐浓烟的根根烟囱。运河上的小路是煤灰和冻泥的混合物，上面交错着无数木鞋印儿，到处都在"闪光"，那是死水塘，即水积在老旧矿井下沉所形成的一个个坑里，一直延伸至远处的废渣山。天冷透了，死水塘结了深棕色的冰；驳船工身穿粗麻衣服，全身裹得严严实实，眼睛也围着，闸门挂满一丛丛冰。这似乎是个草木被禁止的世界，什么都不存在，除了烟尘、页岩、冰、泥、煤灰和臭水。但是即使是威根也比设菲尔德美观。我想设菲尔德可以当之无愧地被称为旧世界[①]最丑陋的镇；那里的居民想设菲尔德事事都争头等，会很乐意这么称呼自己的镇。那可是有五十万人口的大城镇，

---

① 指东半球，即欧洲、亚洲、非洲和澳洲，尤指欧洲。

适合居住的房屋只有五百座,还不及一个东英吉利①的普通村子。还有恶臭!如果你一时间闻不到硫黄味了,那是因为燃气填充了你的鼻孔。甚至流经设菲尔德的小溪也总是鲜黄色,里面有这样那样的化学物质。我曾站在街上数眼前的工厂烟囱数目,三十三个,要不是烟尘阻隔肯定能看清更多。有一处尤其令人印象深刻。一片被踩踏得寸草不生,到处是旧报纸和废弃煮锅的荒地(不知何故,那里狼藉得连伦敦也比不了),右侧是孤零零一排破败的四室房屋,暗红色外墙被烟尘熏得漆黑,左侧是无边无际的工厂烟囱,烟囱后面还是烟囱,隐入昏黑的雾霾,身后是一条炼炉废渣垒成的铁路护坡。越过那片垃圾场,前方是一栋方形红砖建筑,标牌上写着"托马斯·格鲁考克,货运承包"。

到了晚上,你看不到一栋栋丑陋的民房和被烟熏得黑沉沉的一切,像设菲尔德这样的镇便呈现出某种凶险的壮丽景致。有时,一团团烟尘被硫黄染成玫瑰红;锯齿状的火焰,像圆锯,从铸造厂烟囱罩底下滚出来。工厂大门敞开,你可以看到一条条铁火蛇被满

---

① 指英格兰东部,包括诺福克郡和索福克郡。

脸通红的男孩们拖来拽去，可以听到蒸汽锤呼啸着，重重砸下，和重击下铁发出的尖叫。制陶镇在细处几乎都一样丑陋，就在一排排小小的熏得漆黑的房屋之间，应该说是街道的一部分，是陶瓷厂——一个个锥形的砖砌烟囱，像埋在土里的巨大的深红色瓶子，吐出的烟几乎直喷到你脸上。眼前出现巨大的陶土裂隙，有几百英尺宽，几乎也有那么深，一侧有一组组铁链，上面串满生锈的小桶，在另一侧，工人们像海蓬子采集人那样攀爬，在峭壁上以镐凿借力。我路过那里时正在下雪，连雪也是黑的。幸好制陶镇都相对较小，一切戛然而止。不出十英里你就能来到未被污染的乡村，来到几乎光秃的山上，镇子仅是远远的一点污痕。

当你琢磨这样的丑陋时，两个问题浮现出来。第一，这是不可避免的吗？第二，这重要吗？

我不觉得工业化本身就有无法去除的丑陋。一个工厂，哪怕是煤气厂也并不意味着注定丑陋，注定比一座宫殿、一片狗窝或一座教堂更丑。这完全取决于特定时代的建筑传统。英格兰北部的工业镇丑陋，因为它们刚好建于钢结构、烟尘减排等现代方法还没发明的年代，那时人人都只顾赚钱，无暇顾及其他。后来建的工业镇还是丑陋，因为北方人已经习惯了这类丑陋，不太去注意了。很多居住在设菲尔德或曼彻斯特的人，倘若嗅到康沃尔峭壁一路的空气，很可能会说一点异味也没有。一战以来，工业向南移，新建建筑几乎称得上怡人。战后的典型工厂不是破败简陋的大房，或一串乱糟糟的黑烟囱，而是由混凝土、玻璃和钢铁建造的闪闪发光的白色建筑，四周环绕着茵茵草坪和郁金香花丛。当你乘 GWR① 驶出伦敦时，观察一下路边的工厂，它们也许称不上美得不能再美，却也不像设菲尔德煤气厂那样丑陋。尽管工业化的丑陋一眼可见，是每一个初来乍到者都最先声讨的，我仍怀疑这是否是最重要的。鉴于工业化就是工业化，或许并不值得憧憬它去学着把自己伪装成别的东西。正如阿道司·赫胥黎先生所言，一个黑暗邪恶的工厂就该看起来像个黑暗邪恶的工厂，而不该像个住着神秘而万能的神的庙。而且，即使在最糟的工业镇也能看到很多从严格的美学来判断也并不丑的东西。喷烟的烟囱、臭气熏天的棚屋区令人厌恶，主要是因为它暗示着重压下的生活和生病的小孩们。从纯美学角度看烟囱和棚屋区，甚至还有种毛骨悚然的吸引力。我发

---

① Great Western Railway（大西铁路）的缩写。

现那些古怪到极点的东西最后总成了吸引我的东西，即使同时我非常厌恶它。比如缅甸，那儿的景观对我来说是如此震撼，就像噩梦一样在脑中萦绕，我不得不把它们写成小说，以此来摆脱它们（所有有关东方的小说，真正的主题都是风景）。或许从工业镇的丑陋中提炼出一种美很容易，就像阿诺德·班奈特①那样；也很容易想象哪个诗人，如波德莱尔，写出一首关于废渣山的诗。然而工业化的美与丑都无关紧要。其真正祸患之处埋伏得深得多，且无法祛除。铭记这一点很重要，因为总有种诱人的想法，认为工业化无害，只要工业化没有污染且秩序井然。

当你来到工业集中的北部，你会意识到自己走进了陌生的地域。不只是景致上的陌生，更因为根深蒂固的北—南对立观在起作用。英格兰有一种奇特的北方崇拜，什么都是北方最好。身在南方的北方约克郡人常常会悉心让你知道，他觉得你低他一等。若问他为什么这么说，他会解释道，只有在北方生活才是"真"生活，北方的工业活动才是"真正"的工作，北方居住着"真正"的人，而南方仅仅充斥着收租人和

---

① 阿诺德·班奈特（Arnold Bennett, 1867—1931）：英国小说家，剧作家，批评家，以写作瓷都五镇系列小说闻名。

他们的寄生虫。北方人"有种",坚毅、"冷酷"、勇敢、热心肠,还民主;南方人势利、娘娘腔、懒——至少这套说辞是这么说。因此南方人往北走,至少第一次如此,会有隐隐的防备感,如同一个文明人硬着头皮走在野蛮人中间,而约克郡人,同苏格兰人一样,会怀着莽汉出来抢劫的心态南下伦敦。这种心态经年累积,显而易见的事实对它毫无影响。就像一个五英尺四英寸高,胸围二十九英寸宽的英国人感觉到的,作为一个英国人,他体质上比拉丁佬优秀,北方人和南方人的对立观也是如此。我记得有个约克郡男人,瘦小得要是一条狐狸想咬他,他几乎一定吓得逃跑的,告诉我在英格兰南部,他感到自己"像个勇猛的侵略者"。但是这种北方崇拜常常为并非出生在北方的人持有。一两年前,一个在南部长大,最近才住在北方的朋友,开车载我路过索福克郡。经过一个相当漂亮的村庄时,他草草瞟了几眼一间间村舍,说:

当然,约克郡大多数村子都很丑,但约克郡人是优秀的家伙。这儿正相反——漂亮的村子,烂透的人。这里住的所有人都是废物,绝对的废物。

我不由得好奇,问他是不是碰巧认识那个村庄的哪个人。不,他不认识他们,但这里是东英吉利,他们显然一定是废物。另一个朋友,也出生在南方,从不放过任何机会赞扬北方,贬损南方。这有一段他的来信摘抄:

我在克利瑟罗,兰开夏郡……比起在痴肥、懒惰的南方,水在旷野、高山流得更畅快。"平静的银色特伦特河"[1],莎士比亚说过;我说,越往南越平静。

这真是有关北方崇拜的有趣例子。不只是你和我,还有英国南部的每一个人都被称为"痴肥和懒惰",连水,往北到一定高度后也不是 H_2O 了,而是变成了某种神秘的高级物质。这段摘抄意味深长之处还在于,它是出自一个学术修养极高的人,只有"高端"观点,对常见的爱国主义不屑一顾。扔给他像"一个英国人赛过三个外国人"这种话,他会厌恶地否认;到了北方 VS. 南方的问题,他很乐意举出例子来充分论证。所有用来区分民族的特征——所有声称比其他人更优

---

[1] 见《亨利四世·上》第三幕第一场。

秀，因为头骨形状不同，因为说的语言不同，都是完完全全的胡扯，但是只要人们还相信，它们就仍很重要。更不用说英国人根深蒂固的想法，认为那些住在他南边的国家都比他低等；甚至我们的外交政策在一定程度上也受这信条左右。因此，我认为指明它何时产生、为何产生很有必要。

当民族主义刚刚成为一种宗教时，英国人看着地图，注意到他们的岛处在北半球非常高的位置，就渐渐形成了讨人喜欢的结论，即你住得越北，你就越好。小时候的历史课就是以最幼稚的讲法开头：寒冷气候让人充满活力，而炎热气候使人懒惰，因此我们打败了西班牙无敌舰队。这种英国人有傲人活力的胡扯（实际上是欧洲最懒的人）至少已流传了一百年。"对我们来说这更好，"1827年的一篇《评论家季刊》文章写道，"比起在橄榄油、葡萄酒和放纵中沉溺，不得不为我们的国家卖力干活才更好。""橄榄油、葡萄酒和放纵"就概括了普通英国人对拉丁民族的态度。在卡莱尔①、克雷西②等人所著神话中，北方民族（"条

---

① 托马斯·卡莱尔（Thomas Carlyle, 1795—1881）：苏格兰历史学家。
② 爱德华·S.克雷西（Edward Shepherd Creasy, 1812—1878）：英国历史学家。

顿人",后来是"斯堪的纳维亚人")都被刻画成身高体壮、精力过人的家伙,上嘴唇留着金色胡须,血统纯正,而南方民族则狡诈、懦弱、放荡。这种说法从未被推理到底过,那样的话就意味着认为世界上最优秀的人是爱斯基摩人,但它的确认为住在我们北边的人比我们优等。因此,在过去五十年间深深塑造了英国人生活的苏格兰(及苏格兰相关事物的)崇拜,一定程度上可以追根溯源至此。但是,是英格兰北部的工业化进程使得北—南对立有了不同寻常的内涵。直到相对较晚近,英格兰北部都还是落后的农业地区,新兴工业都集中在伦敦和英格兰东南部。如内战——大体上可谓金钱 VS. 封建主义的战争,北部和西部支持国王,而南部和东部支持议会。而煤需求的攀升使工业转向北部,在这过程中形成一种新人,白手起家的北方商人——狄更斯笔下的吃得开先生(Mr. Rouncewell)和弹得快先生(Mr. Bounderby)那样的人物。这种人秉持可恶的"成功或滚蛋"哲学,是十九世纪的主流人物,像某种干尸一般仍统治着我们。这是阿诺德·班奈特崇尚的类型,以半个克朗硬币起家,最终赚到五万英镑的人,最骄傲的是成为富翁后,粗鲁也变本加厉。一分析他的唯一美德,总会变成分析他赚钱的本事。我们得崇拜他，尽管他也许思路狭窄、卑鄙、傲慢、贪婪、没有教养，但他有"种"，他"上道"；一句话，他懂怎么赚钱。

这种说辞如今已过时，已经不是北方商人风生水起的时代。相关的种种看法却并未死在事实脚下，"北方有'种'"还在流传。也还隐隐觉得一个北方人"上道"，会赚钱，而南方人赔钱。每一个去伦敦的约克郡人和苏格兰人都幻想自己是狄克·惠廷顿式的人物，从叫卖报纸开始，最终荣登市长的宝座。这种幻想就是他自我狂妄的根源。但是要是以为真正的工人也有这种幻想就错了。几年前，我第一次去约克郡，我想着我是要去一个粗鲁的地方。我接触过的一个伦敦约克郡人没完没了地高谈自己如何优越，对家乡话所谓颇具荤味甚是自豪（我们西约克有句老话，"小洞及时补，免遭大洞苦"），我猜会碰见很多类似的人。结果一个这样的人都没遇到，至少在我所接触过的矿工中是这样。兰开夏郡和约克郡的矿工待我亲切和善得几乎让人尴尬；因为，如果说有一类人会让我觉得羞惭，非采煤工人莫属。没有人显露出鄙视我的意思，因为我是从外地来的。这一点很重要，英国地域之间的歧视实为缩微版民族主义；这也意味着，地域歧视不是工人阶级的特征。

尽管如此,北部和南部之间确实存在真实的差异。那幅把南部看做巨型布赖顿,聚集着懒洋洋的蜥蜴的画面有几分真实。气候使然,领取股息的寄生阶级愿意在南部定居。在兰开夏郡的某棉纺厂镇①,你可能走访好几个月也听不到一个"有教养的"口音;在英格兰南部的某镇,随便扔块砖头就能砸中一个主教的侄女。结果是,因为没有小户乡绅的积极推动,北部工人阶级的资产阶级化尽管进行着,却缓慢得多。比如,所有北部方言都顽强坚持着,而南部方言在电影和英国广播公司面前溃败。因此"有教养的"口音与其说显示了你是小户乡绅,不如说像外地人,这是很大的优势,因为这使你和工人阶级接触容易得多。

可能和工人真正亲密无间么?容我稍后详细讨论,在这里只能说我觉得不可能。在北部容易与工人平等相处。住进一个矿工的家并被接纳为家庭一员很容易;换做在南部,比如乡下农户,这就不太可能。我已观察过相当数量的工人,来避免理想化他们,但是我相信,在一户工人家庭里能了解很多很多,只要你能住

---

① 在棉纺厂周围形成的镇。

进去。你的中产阶级种种观念与成见会在与别人接触中经受检验，这些人不一定更好，但确实与你不同。

以对待家庭的不同态度为例，一户工人家庭也像中产阶级家庭一样团结，家庭成员之间的关系却不那么等级分明，一个工人也没有那极其沉重的家族荣耀拖在脖子上。之前我说过一个中产阶级在贫穷的重压下会崩溃，这主要得归功于家人——还有无数亲戚不舍昼夜唠叨他，因为他挣大钱失败。工人阶级懂得如何联合，而中产阶级不懂，这可能和对家庭忠诚的理解不同有关。中产阶级工人组建的工会无法成事，因为在罢工期间几乎每个妻子都会怂恿丈夫倒戈，顶下罢工者的工作。工人阶级的另一个特征，乍看上去使人尴尬的，是对每一个他视为平等的人说话都直截了当。如果你给一个工人他不想要的东西，他会告诉你他不想要；一个中产阶级则会收下，以避免冒犯。再比如工人阶级对"教育"的态度。和我们的有天壤之别，也合理得太多！工人常有种隐隐的向他人学习的念头，但是面对和自己的生活扯上关系的"教育"，他们能看穿骗局，拒不接受，被一种健康的直觉所指引。从前我曾想象无数十四岁少年抗议过早离开学校，很为他们难过了一番，小小年纪就不得不去做工。当然，现在我知道了,一千个工人男孩里也没有一个不渴望着离开学校。他想做真正的工作,而不是在历史地理这些荒唐垃圾上浪费时间。在工人看来,在学校一直待到几乎成年不是光彩事,也娘娘腔,不是男人该做的。一个十八岁的小伙子,该每周挣 1 英镑回来给父母的,却要穿着可笑校服去学校,还要因为没做功课而挨藤条打!想想一个十八岁的壮小伙会乖乖地挨抽!他是个男人,而别人还是婴孩。在塞缪尔·巴特勒(Samuel Butler)的《众生之路》(*Way of All Flesh*)里,厄内斯特·庞蒂芬在对真实生活有过几瞥后,回望他的公学和大学教育,觉得那是"孱弱、病恹恹地颓废"。当你从工人角度看中产阶级的生活,有很多都显得苍白而软弱。

在一户工人家里——眼下我想的不是失业者,而是相对富裕的家庭——你会感受到一种深植心底的温暖,这在别处可不容易找到。不得不说一个体力劳动者,如果他工作稳定、工资可观——越来越多的如果——比一个"受过教育的"人更容易快乐,其家庭生活似乎自然而然地融洽。我常常被工人家中的陈设所吸引,一应俱全,又格外亲切舒适,堪称完美的和谐。特别是在冬天的夜晚,喝过茶,炉火烧得正旺,跳跃的火焰映在壁炉的钢栅栏上，父亲脱去外衣，只穿衬衫，坐在炉火一端的摇椅上，读赛马结果，母亲坐在另一端做针线活，孩子们吃着花1便士买来的一堆薄荷糖，心满意足，狗蜷在旧毯子上烤火。一个可以好好待着的地方，不只是待着，你也属于这里，一点也不用怀疑。

这一情景仍在英国很多家庭上演，尽管这样的家庭已没有一战前那么多。这样的家庭幸福主要取决于一个问题——父亲是不是有工作。但是，我所描绘的景象，一户工人家庭吃过烟熏鲱鱼，喝过浓茶，围坐在炉火旁，仅仅属于我们这个时代的一瞬间，既不属于过去，也不会延续到未来。跳跃两百年进入乌托邦未来，景象会完全不同。我所想象的一切都不会存在。那时已没有体力劳动，人人都是"受教育的"，父亲不太可能还是个壮汉形象，有双粗大的手，在家里喜欢穿着衬衫，说着"Ah wur coomin oop street"[①]。也不会在炉箅上生火，而是隐形供暖。家具由橡胶、玻璃和钢制成。如果还存在叫晚报的东西，赛马之类的新闻肯定没有了，因为在一个没有贫穷、马也从地球表面

---

① I will coming up street. 系带有北方口音的英语。

消失的世界，赌博失去了意义。狗也几乎绝迹，出于防止病菌传播的卫生考虑。也不会有这么多小孩，如果生育控制者大行其道的话。向后返回中世纪，你也会身处一个几乎同样陌生的世界。没窗的小屋，柴火燃烧的烟直喷到你脸上，因为没有烟囱，还有发霉的面包，"可怜的约翰"，虱子，坏血病，一年婴儿出生，一年婴儿夭折，还有用地狱故事吓唬你的牧师。

说来奇怪，不是现代工程技术的胜利，不是收音机，不是电影，不是每年出版五千本小说，不是在阿斯科特①聚集的人群、不是伊顿和哈罗的板球赛②，而是关于工人家庭屋内陈设的记忆，尤其是童年记忆提醒着我，我们的时代还不算太糟。那是一战前，英国还繁荣。

---

① 位于英格兰南部，其赛马场是一年一度赛马会举办地。
② 指伊顿公学和哈罗公学之间的板球对抗赛，第一届可追溯至1805年。

第二部分

第八章

从曼德勒[①]到威根的路很长,这样走的理由也不是三言两语就能说清。

在前面几章里,我对兰开夏郡和约克郡矿区的种种见闻做了片断式描述。为什么到那儿去,是因为我想知道大规模失业最糟能到什么地步,还想贴身了解英国工人阶级中最具代表性的那一群。对我来说,这些都是我走上社会主义的必经路径。因为在你拿得准自己是否真正认同社会主义之前,不得不先对当前事态做个明确判断:是还过得去,还是难以忍受;你也要对异常棘手的阶级问题表明态度。在此得先说些题外话,先阐明我对阶级问题态度的演变。显然,这涉及写自传,如果不是觉得自己足够典型,足以代表所在阶级——更准确地说是阶级亚型,有着揭示征候的重要意义,我是不会写的。

[①] 缅甸中部伊洛瓦底江畔港口城市。

我出生在可称之为上层中产阶级偏下的阶层里。上层中产阶级——1880年代至1890年代最风光，吉卜林是这一阶级的代表诗人——是维多利亚时代的繁荣浪潮退去后落下的一堆废墟。或者换个比喻更恰当，不是一堆，而是一层，社会中处于年收入200镑至年收入300镑之间的这一层，我家离最低线并不远。你注意到我用钱来定义上层中产阶级，因为这是让人一目了然的方法。但是英国阶级制度的根本在于，它并不完全能用钱解释得通。粗略而言，它是按钱来划分，同时还贯穿着按出身划分的等级制；很像一座草草搭盖的现代平房，中世纪的幽灵在其间徘徊不散。因此才有了上层中产阶级囊括或曾囊括年收入低至300镑的家庭这一事实——就收入而言，这远远低于没有社会声名、仅仅是中产阶级的人们。也许有这样的国家，你可以从一个人的收入预估他的观点，在英国可行不通，你不得不一直把他所秉承的传统加以考虑。一位海军军官和他的食品杂货商收入相当，他们的地位却并不平等，也只有在非常泛泛的问题上，如一场战争或一次大罢工上他们才会持类似立场，很可能这点类似也达不到。

如今，上层中产阶级日趋没落。不必说了无生气的肯辛顿、伯爵宫①，在英格兰南部每一个城镇，都住着经历过上层中产阶级的荣耀时刻，而今却奄奄一息的人们。他们感到模模糊糊的痛苦，痛苦世界不再像期望的那样运转。没有一次，在翻开哪本吉卜林的书，或是走进哪家曾为上层中产阶级钟爱流连的大而冷清的商店时，我不想着"目光所及之处皆是巨变和衰落"②。然而在战争爆发之前，上层中产阶级尽管已不那么繁荣，却仍十分自信。在战争爆发之前，你要么是个绅士，要么不是；如果是，你就要竭力表现得像个绅士，不管收入究竟多少。在年收入400镑与年收入2000镑甚至是1000镑的人之间有一道鸿沟，然而前者竭其所能对它视而不见。或许上层中产阶级的显著特征就是其传统与商业无涉。身处这一阶层的人没有土地，但他们感觉在上帝眼中自己是地主。他们秉持一种半贵族式观念，参军、当律师、行医，然而不碰买卖。小男孩常在石板上边数李子核边唱"陆军，海军，教堂，医院，法院"来算命；甚至医生都比其他职业稍低一些，仅仅为了唱着和韵才加上去。身属上层中产阶级，年收入却在400镑这一档，这很古怪，意味着你高贵的身份几乎是纯理论

---

① 均位于伦敦西部。
② 基督教赞美诗《与我同在》中的一句。

上的。换言之，你同时活在两个层面。理论上你对仆人分多少种一清二楚，也懂如何给他们小费，实际上你只有一个、最多两个普通帮佣。理论上你知道该如何穿衣服，如何点晚餐，实际上你付不起钱去家好裁缝店或高级饭店。理论上你知道如何打猎、骑马，实际上你没马可骑，没有一寸可供你打猎的土地。这种局面解释了印度（最近是肯尼亚、尼日利亚等等）对上层中产阶级偏下阶层的吸引力。到那里去不是为了赚钱，因为军人和文官不赚钱；他们去那里是因为印度马匹便宜，打猎自由，还有成群的肤色黝黑的佣人，在那里扮个绅士如此容易。

在这种我所讨论的寒酸绅士的家庭里，对贫困的意识远远高过收入处在失业救济金以上水平的工人家庭。房租、衣服和孩子的学杂费是没完没了的噩梦，每一样小小的享受，甚至一杯啤酒，都是不必要的浪费。所有收入都花在努力敷衍上。显然，这一类人的处境悖于常理，会让人以为他们只是些例外，因而无足轻重。事实上，这类人为数众多，至少曾经如此。比如，大多数的神职人员和私立学校校长，几乎所有的驻印官员，少数军人和水手，以及相当多的专长人士和艺术家，均属这一类。而这一阶层的真正重要之处在于，他们是资产阶级的减震器。在真正的资产阶级，即年收入2000镑及2000镑以上的人，拥有一层厚厚的金钱衬垫，将自己与所掠夺的阶级隔开；他们所能了解到的底层就是雇员、仆人和商人。而寒酸绅士则很不同，他们不得不接近，某种程度上还得亲密接触工人阶级。我怀疑上层阶级对"普通人"的惯常态度就是从他们那里得来。

这是一种什么样的态度？窃笑不已的优越感，夹杂着阵阵十足的厌恶。看看过去三十年间的《笨拙》，你会发现到处都有出身工人阶层的人理所当然地被当做取笑对象，除了少数时候，如飞黄腾达时就不再是取笑对象，而是成了恶魔。费气力否认这种态度没有用，还不如思考它是如何产生的。这样做的第一步是要意识到，生活在工人中间，却持有不同习惯和传统的寒酸绅士眼中的工人究竟是什么形象。

寒酸绅士一家的处境与住在黑人街区的"穷白人"差不多。在这种情形下，你不得不抓紧你的高贵，既然它是你拥有的唯一东西；同时你又被人厌恶，因为你的自命不凡，和像老板阶层的口音和举止。我第一次意识到阶级时还很小，才六岁多。六岁之前我心中的英雄大多是工人，他们似乎总是在做很有意思的事，比如渔夫、铁匠和泥瓦匠。我记得在康沃尔郡的一个农场，农场工人让我坐上撒芜菁种子的条播机，突突行进，有时还会抓母羊过来挤奶给我喝；隔壁有群工人在垒新房，任我玩湿砂浆，还从他们那儿学会了"b——"这个词；路上走来了水暖工，我和他的孩子们一起出去寻过鸟窝。没过多久，我就被禁止和他们一起玩，他们很"普通"，我得离他们远点儿。这是势利眼——你可以这么说，但是对中产阶级来说，他们无法放任孩子说一口粗俗的口音，因而隔离是必要的。结果从很早开始，工人阶级就不再是个友好的种群，不再是生机勃勃的人，而是成了敌人。我们意识到他们恨我们，却不明白是为什么，自然而然，我们把这归为纯粹的诋毁。对儿时的我来说，对几乎所有像我这样的家庭出身的小孩来说，"普通人"仿佛是另一个物种。他们脸色晦暗，口音鄙俗，举止粗鲁，他们恨每一个和他们不一样的人，稍有机会就会竭力侮辱你。这就是他们在我们眼中的形象，尽管是错的，却可以理解。因为必须记得在一战爆发之前，英格兰的阶级憎恨比如今①公开得多。那时，仅仅因为穿得像上层

---

① 指1930年代。

阶级都会招来羞辱，如今他们则更可能是巴结的对象。三十岁以上的人会记得有那么一段时间，衣着光鲜的人没法不顶着哄笑穿过穷人聚集区。一个个大镇都被认为很危险，因为有"小流氓"（如今几乎绝迹）；伦敦到处都有街头男孩，声音响亮，骂起人来没有顾忌，对维护尊严不还口的人来说很糟糕。我还是小孩时，假期里时不时恐惧的，就是一伙"无赖"，五个十个一起上来围堵我。而上学时则不同，我们是多数，"无赖们"是受压制的。我记得在1916—1917年寒冬爆发过好几场大规模冲突。上层阶级与下层阶级公开敌对的局面至少已持续一个世纪。1860年代《笨拙》刊登的典型笑话是这样一幅图画：一位神色紧张的小个子绅士骑马经过贫民窟，一群街头男孩朝他迫近，喊着："来了个时髦老爷！吓吓他的马！"想象一下，现在的街头男孩会吓他的马！如今他们更可能会追着他，隐隐想着索要几个小钱。过去十几年里，英国的工人阶级以令人胆寒的速度变得驯服。这是注定的，有失业这个武器胁迫着他们。在一战之前，他们的经济地位相对稳固，尽管没有失业救济金可以倚仗，失业却也没有那么多，老板阶层的势力还没有如今这样显赫。一个工人在作弄"公子哥"时不会意识到毁灭扑面而来，显然，只有在安全时才会这么做。G. J. 勒尼尔（G. J. Renier）在写奥斯卡·王尔德的书中提到在王尔德审判后爆发的不同寻常的民愤，从根本上说具有象征社会的意义。伦敦的暴民把一个上层阶级抓了个现形，他们要让他一直尴尬，这一切很自然，甚至可以说适当。如果你像在过去两个世纪间对待英国工人那样对待别人，你就得准备应付他们的反抗。而另一方面，也不能责怪伴着对工人的憎恨长大的寒酸绅士的后代，对他们来说，工人就是一群踱来踱去的"无赖"。

但是还有另一重严重得多的阻碍。在这里你遇到西方阶级差异的真正秘密——由资产阶级方式养大的欧洲人若不花十分努力就很难想象一个工人和他一样平等，即使他称自己是共产主义者。个中原因可用四个极糟的字概括，如今人们已不大提起，在我年幼时却散播无阻。它们是：下等人臭。

这就是我们所受的教育——下等人臭。显然，你面前有个不可逾越的阻碍。没有哪种喜欢或厌恶之感如同某种身体的感觉那般根本。种族憎恶、宗教憎恶，教育、脾气、智识甚至道德准则的差异都可以克服，身体排斥却无法克服。你可以对一个杀人犯或鸡奸者心怀同情，对有口臭的——总有口臭的人就不行。无论你把他想得多么好，无论你多仰慕他的思维和品格，有口臭他就是糟糕的，在你内心深处你会厌恶他。如果某个普通的中产阶级从小被教导着相信工人傲慢、懒惰、酗酒、粗野、不诚实或许都不算什么，当他被灌输工人很脏时，祸根就埋下了。在我小时候，我们被教导着相信他们很脏。还在混沌未开之际，你就有了一个念头，对一副工人的身体感到微妙的排斥，你只想躲得远远的。你看到一个大汗淋漓的筑路工走过来了，肩上扛着尖嘴镐；你看着他褪色的衬衫，灯芯绒裤子上积着陈年污垢；你想着外衣下面层层破烂的油腻衣衫，和那底下肮脏的躯体，全是黑的（这是我曾想象的），散发着猪肉般的恶臭。你看到一个流浪汉在路边脱下靴子——啊！你不会正经地想，他也许并不享受有双脏脚。甚至你认识的很干净的"下等人"，如仆人，也有些让人反胃。他们汗水的气味，他们皮肤的质地，统统与你的有着神秘的不同。

被教导着说话不落 h 音、住在带一间浴室和一个仆人的房子里的人就是伴着这些感觉成长，因而也有了不可逾越的阶级鸿沟。古怪的是人们多么鲜于承认它。眼前我能想到的只有一本书曾不掺谎话地阐述这个问题，即萨默塞特·毛姆先生的《在中国屏风上》

(*On a Chinese Screen*)。毛姆先生讲起一位中国高阶官员下榻路边客店时，朝每个人咆哮辱骂，来彰显自己的地位，而他们只是蝼蚁。五分钟后，他觉得目的已经达到，就和扛行李的苦力一起坐下来吃晚饭，十分融洽。作为一个官员，他觉得别人该向他行注目礼，但他不觉得苦力和自己有根本不同。我在缅甸也观察到许多类似的情景。在蒙古人中间——在所有亚洲人中间，据我所知，有某种天然的平等，人与人之间易享的亲密关系，这在西方难以想象。毛姆先生又说：

> 在西方，我们以嗅觉来划分我们的同胞。工人可谓我们的主人，用铁手统治我们，这却不能抵消他们臭这件事。这一点也不奇怪，因为在工厂铃声响起前就得赶去工作，匆匆在凌晨冲凉并不是享受，做苦工更是挥汗如雨；衣服由嘴不饶人的妻子洗，也不太可能经常更换衣物。我并不想责怪工人，但他确实臭。对嗅觉灵敏的人来说和工人交往很难。用浴缸划分阶级，比用出身、财富或教育来划分更有效。

那么，"下等人"确实臭吗？当然，整体而言，他们比上等人脏。考虑到他们的居住环境，脏是注定的，直至今天英格兰没有浴室的房子仍超过半数。另外，每天洗澡的习惯在欧洲流行的时间很短，而工人阶级普遍比资产阶级更保守。但是英国人看起来已干净多了，再过一百年，恐怕会变得和日本人一样干净。可惜，那些把工人阶级理想化的人常常认为应该赞赏工人的每一个特征，因而声称脏本身就值得称赞。就这一点而言，社会主义和切斯特顿[①]类型的感伤民主天主教政治观竟有契合之处。他们都告诉你脏是健康的，"自然"的，洁净只是一时的流行，至多是种享受[②]。他们似乎没发觉自己仅仅是在说脏是工人自愿的。事实上，人有浴室可去的话就会经常使用。关键在于，中产阶级的人相信工人脏——从上面所引的毛姆先生的话就能看出他相信——更糟的是，他们相信工人无法洗净地、内在地脏。小时候，我能想象的最可怕的事里就有从筑路工喝过的瓶子里喝水。我十三岁时，有一次乘坐一辆从集镇始发的火车，三等车厢里挤满

---

① G. K. 切斯特顿（G. K. Chesterton，1874—1936）：英国散文家、小说家、诗人。
② 切斯特顿认为，肮脏只是一种"不舒适"，因而视之为苦修。可是，这种不舒适主要是别人看着碍眼。肮脏并非真的如此——并不像在冬天起早洗冷水澡那样让人难受。——原注

忙着售卖的牧羊人和养猪人。有人拿出一瓶一夸脱[①]重的啤酒传着喝。它从一张嘴到另一张嘴，人人都喝一大口。我无法描述眼看着酒瓶朝我而来的恐惧。要是我在那么多下等人喝了之后再喝我肯定会吐；酒瓶递过来的话我也不敢拒绝，怕顶撞了他们——这里你可以看到中产阶级的脆弱神经是怎样双向运转的。如今，感谢上帝，我没有了那种感觉。一个工人的躯体，对我来说不比一个百万富翁的更让我厌恶。我仍然不喜欢和别人分喝——我是说其他男人，和女人分喝我不介意——但至少阶级意识不再掺和进来。是和流浪汉的交往治愈了我。与一般英国人相比，流浪汉并非真的很脏，却有脏的名声。当你和流浪汉睡同一张床，从同一只铁罐里喝茶，你会觉得你已经见识过最坏的，而那也吓不垮你了。

　　我反复说这些是因为它们非常重要。想拆除阶级壁垒你得从理解一个阶级在另一个阶级眼里看来是什么样开始。说中产阶级"势利"，并到此为止，没有用。如果你意识不到势利与一种唯心论密切相关就无法更进一步思考。它从一个中产阶级儿童的幼年教育

---

① 合 1.14 升。

中发展出来，在那时，洗净脖颈、时刻准备为国家牺牲和鄙视"下等人"几乎被同时灌输。

说到这里我可能会被斥为落伍于时代，因为我的童年时期是在一战爆发之前以及战争期间，也许有人会说如今的儿童是被开明得多的信条养大的。或许是这样，目前阶级意识激烈程度稍稍减轻了些。工人变得驯服，而战后廉价服装的生产和举止的普遍教养化弱化了阶级与阶级之间的表面差异。但毫无疑问，最核心的感觉仍在那里。每个中产阶级都有休眠着的阶级偏见，碰到一点小事就能引燃；如果一个男人年过四十，或许还坚信他所在的阶层为底下人牺牲了。向一个绅士出身、用四五百镑年收入挣扎过体面生活的普通人暗示他属于剥削阶级，他会觉得你满口疯话。怀着十分真诚他会向你列举十几条证据表明他比一个工人过得更糟。在他眼里工人并不是低等奴隶，而是向上爬的邪恶一群，会把他和家人、朋友团团包围，扫荡一切文化和行为准则。因此才有那古怪的警惕，生怕工人的生活变得太好。在战后不久出版的一期《笨拙》里，那时煤价尚高，有幅漫画是四五个矿工共乘一辆廉价的汽车，都长着冷酷邪恶的脸。一个朋友见了，大喊车是从哪儿借来的，他们回答："我们买的！"这就是《笨拙》，因为矿工买汽车了，即使是四五个人合买的，也是丑陋而荒谬的。这是十几年前的态度，我还没见到有根本改变的任何证据。工人被荒唐地纵容，会被失业救济金、退休金、免费教育等等弄得彻底堕落，这种意见仍很有市场；或许最近才有一点动摇，在意识到失业确实存在以后。对很多中产阶级，特别是对五十岁以上的大多数人来说，典型的工人仍是骑摩托车去劳工市场，用浴缸存煤，"你能相信吗，亲爱的，他们真拿失业救济金结婚！"

阶级憎恨似乎在逐渐消散的原因是它们如今不再印在纸上，而纸上见不到阶级憎恨的原因是我们这个时代有说话拐弯抹角的习惯，而且报纸，甚至书籍也不得不招徕工人顾客。在私人谈话里你可以找到很多值得琢磨的。如果想找印在纸上的例子，已故塞恩斯伯里（George Saintsbury）教授的只言片语值得一看。塞恩斯伯里教授学识渊博，称得上是有见解的文学批评者，但是谈起政治或经济话题时，他与本阶级的其他人区别不大，区别只在他太麻木不仁，而生得又太早，看不出有什么理由要标榜公共良知。他认为"失业保险只会产生……好吃懒做的人"，整个工会运动不过是有组织的行乞：

如今,"乞讨"几乎可以被起诉了。尽管成为乞丐——完全或部分依赖他人施舍过活——是我们中间相当大一部分人的热切渴望,也是某个政党的雄心,在一定程度上他们已经得偿夙愿。

——《第二剪贴簿》

值得注意的是,塞恩斯伯里意识到失业注定存在。事实上,他认为失业应该存在:

总体而论,健全的劳工制之核心秘密就是"临时工"的存在……在一个高度工业化的商业国家,不能指望收入稳定的工作会一直有;领失业救济金如同领份工资,这是堕落的开始。政府耗资甚巨,终究无以为继。

——《最后剪贴簿》

没有短工可做时,"临时工"会怎样,塞恩斯伯里没有答案。很有可能(他赞许地说起"好"《济贫法》)是进济贫院或者睡街上。至于像人人都应有机会挣钱养活自己这样的观点,他厌恶地加以否认:

至于"生的权利"……仅仅是免于被谋杀的权利。不必说慈善机构,人们在道义上也会呼吁,公共事业或许也该确保人人有谋生之道,但若以严格公正论,恐怕并非如此。

至于那个危险而愚蠢的信条,即认为生而为人就有某种拥有土地的权利,不值得费心思量。

——《最后剪贴簿》

最后这段巧妙的暗示值得回味。这样的段落(散见于塞恩斯伯里的所有作品)有趣之处在于它们印在了纸上。大多数人总有点不好意思把这些写下来。然而这些话是每年保证有500镑进账的普通人的心声,就此而言也要佩服他说了出来。像他这样如北美臭鼬般公开放恶言需要很大勇气。

这是一种承认自己反动的态度。而并不反动、持"先进"观点的中产阶级人士又如何呢?在他的革命面具下,他真的与别人不同吗?

一个中产阶级人士拥护社会主义,甚至还加入共产党。这有多大区别?显然,在资本主义社会制度里生活,他不得不继续赚钱谋生,别人也无法因他固守其资产阶级经济地位而责备他。但是他的品位、习惯、行事方式、文化背景——他的"意识形态",用共产主义行话来说,有变化吗?除了如今投工党,可能的话,投共产党一票,还有什么变化?他仍然习惯地置身于自己的阶级里,与理应和他观点一致的工人相比,他与来自本阶级的人相处自在得多,尽管他们当他是危险的布尔什维克。他对食物、酒、衣服、书籍、电影、音乐、芭蕾的喜好仍是明显的资产阶级趣味。最关键的——他又选择和同一阶级的女人结婚。看看随便哪个资产阶级社会主义者,看看身为英国共产党党员的X同志,《幼儿读马克思》的作者。X同志,很常见,是老伊顿出身。他准备好了为国捐躯,至少理论上是,可他仍不系西服背心的最后一粒扣子[①]。他认为无产者最理想,他的习惯和无产者却很少相同。或许他曾鼓足勇气不摘纸圈就抽雪茄,却恐怕做不到用刀尖挑起碎奶酪吃,或在室内还戴着帽子,或从茶碟里喝茶。也许这是个不坏的验真石。我认识不少资产阶级社会主义者,我听他们长篇演说,痛斥本阶级,却没有一次见到谁像工人那样吃饭喝茶。毕竟,为什么不呢?

---

① 不系西服背心的最后一粒扣子是英国上流绅士的传统着装习惯。

为什么一个人认为无产者样样都好时还是觉得出声喝汤是莫大的痛苦?因为在他心里他觉得那些习惯令人讨厌。因此你可以看到,他仍在按幼年时的教导行事,那时他被教导着憎恨、畏惧和鄙视工人。

第九章

我十四五岁时是个讨厌的小势利鬼,但并不比同龄人更坏。我猜世界上再没有地方像英国公学这样,势利的存在根深蒂固,且细致入微。仅凭这一点人们就不能说英国"教育"失败。离开学校不出几个月,你就会忘干净拉丁文和希腊文——我学希腊文学了八年十年,现在,三十三岁的我甚至连字母表也背诵不全——而你的势利,除非像拔旋花一样连根拔除它,会一直粘附着你直至坟墓。

在学校我处境艰难,因为大多数同学都比我有钱得多,能去一所昂贵的公学仅仅是因为我碰巧赢得了一个奖学金。对上层中产阶级偏下阶层家庭出身的男孩,如驻印官员或神职人员的儿子而言,这是很常见的经历,我的反应也很可能是常见反应。一方面,它使我更抓着绅士习惯不放;另一方面,我也愤恨那些父母比我父母有钱的男孩,他们总不放过向我炫耀的机会。我鄙视任何不被看做是"绅士"的人,我也厌恶暴富者，特别是最近才变得富有的人。体面且优雅的，我觉得，该是绅士出身却没有钱的人。这是上层中产阶级偏下阶层信条的一部分。它有种浪漫的、如流浪的犹太人那样的对待钱的感觉，让人倍感慰藉。

但是在那时，即在战争期间以及战争刚刚结束之时，英格兰曾无比接近革命，不论是与今天，还是与上个世纪相比都更加接近。连学校也不仅仅是学校了，一股革命感奔涌于整个民族——这种感觉后来被扭转，遗忘，留下种种沉淀。从本质上说——当然，那时的人们无法做这样的透视——这是年轻一代对年长一代的反叛，由战争催生的反叛。年轻人一个个牺牲，而年长者的做法，即使已过去这么久，仍糟得不堪回顾；他们待在安全的地方顽固地爱国，而他们的儿子在德国机枪扫射中像一束束干草一样倒下。而且战争主要由年长者指挥，其指挥才能却少得可怜。到了1918年，每一个四十岁以下的人都和长辈顶着一股火，反战情绪顺势演变为对正统与权威的全面反叛。在青年中间，有种不寻常的对"老头子"的仇恨情结。"老头子"主宰一切被认为是一切罪恶的源头。每一样流行事物，从司各特的小说到上议院，都遭到嘲弄，仅仅因为"老头子"支持这些。有那么几年，当个"布尔什"（那时人们这样叫）是一种风气。英格兰充满了唯信仰论的含混意见。绥靖主义、国际主义、各种类型的人道主义、女性主义、自由恋爱、离婚改革、无神论、生育控制——这样的话题比平常获得了更仔细的倾听。革命情绪自然也辐射到还太年轻不能上战场的孩子,甚至包括公学男孩。那时我们都自诩新时代受了启蒙的新人,抛掉了被那些讨厌至极的"老头子"强加于头上的正统。我们仍秉持势利态度,理所当然地认为该一直获取利息或投身安逸的工作,同时,似乎也很自然地"反政府",对OTC①、基督教、甚至对体育必修课和皇室家族都嗤之以鼻。我们没有意识到我们仅仅是加入了世界范围内的反战潮流。有两件事刻在我脑海里,可见那个时期非比寻常的革命情绪。一天,英语教师布置我们完成一张常识问答,其中有个问题是:"列举你认为当今世上最伟大的十个人"。十六个男孩里(平均年龄约十七岁)有十五个把列宁列了进去。这是在一所昂贵的公学,时间是1920年,俄国革命之可怕仍在每个人脑子里栩栩如生之时。还有1919年所谓的和平庆祝。长辈为我们决定我们应该以传统方式庆祝和

---

① Officers' Training Corps（军官训练团）的缩写。

平,即向倒下的敌人欢呼。我们手持火炬,在校园里行进,唱《统领吧,不列颠》之类的爱国歌曲。男孩们——自豪地,我想——从头捣乱到尾,和着原调唱亵渎而煽动的歌词。我不知在今天那样的事是否还能发生。如今我遇到的公学男孩,比起十五年前我和我的同代人来说,即使是头脑聪明的,也持右翼得多的态度。

因此在十七八岁时,我既是个势利眼又是个革命者。我对抗一切权威。我把萧伯纳、威尔斯[①]、高尔斯华绥(当时还被视做危险的"进步"作家)出版的所有作品读了又读。我把自己大致概括为社会主义者,但我对社会主义是什么理解甚少,也没意识到工人也是人。远远地,并且是通过书本——如杰克·伦敦的《深渊居民》(*The People of the Abyss*)——我对工人所受的苦难感到焦虑,但我仍憎恶、鄙视他们。我仍反感他们的口音,受不了他们成为习惯的粗鲁。必须记得在那时,战争刚刚结束,英国工人阶级斗争势头高涨。那是大型煤矿罢工不断的时代,矿工被认为是残忍的人,老妇人每天晚上都要看看床底下是否藏着罗

---

① 赫伯特·乔治·威尔斯(Herbert George Wells,1866—1946):英国小说家,以科幻小说创作著称于世。

伯特·斯迈利①。在整个战争期间，以及战争刚刚结束时，工资高，就业也充分，而后形势急转直下，工人阶级自然反抗了。男人们被花哨的许诺引诱进军队，从战场上回来却发现回到的是没有工作、连栖身之所也没有的世界。更何况他们在战场上待过，把一种军人态度也带回了家。这是一种本质上无视法律的态度，尽管他们有纪律。空气中涌动着动荡不安。这首朗朗上口的抱怨之歌属于那个时代：

没什么能确定　除了
富人更有钱，穷人生崽子
难熬的日子
不好不坏的日子
不可乐吗？

人们还没习惯一辈子失业，又能用一杯又一杯饮不完的茶来冲淡这苦涩。他们仍隐隐盼望着奋斗的乌托邦能够到来，对说话不落 h 音的阶级的敌对态度也有增无减。对资本家的减震器，比如我自己来说，"普

---

① 罗伯特·斯迈利（Robert Smillie，1857—1940）：工会领导者，工党政治家。

通人"仍显得鲁莽,令人反感。回头看那个时期,我似乎一半时间花在谴责资本家制度上,另一半时间则在朝蛮横的公交车司机发火。

我不到二十岁时去了缅甸,加入印度帝国警察部队。在像缅甸这样"帝国的边缘",阶级问题乍看上去似被搁置。这里没有明显的阶级摩擦,因为最重要的不是你是否念了个正确学校中的一所,而是你的皮肤是否白。事实上,在缅甸的大多数白人不是在英格兰会被叫做"绅士"的那类,但是除了普通士兵和一些平庸之辈,白人们都过得很像"绅士"——也就是说,有仆人,把晚饭称作"dinner",他们通常都被看作是同一阶层。他们是"白人",与其他劣等阶级,即"土著"形成对比。但他们对"土著"的感觉与对本国"下等人"的感觉并不相同,关键在于,不会对"土著",如缅甸人的身体感到排斥。他们看低缅甸人,因其是"土著",但和缅甸人做身体接触并无障碍。据我观察,即使是怀有最严苛的肤色歧视的白人也不例外。当你有一群仆人时,会很快陷入懒惰,我就有让我的缅甸小男仆为我更衣之类的习惯。这是因为他是缅甸人,不令人反感,我无法忍受让一位英国男仆这样亲近地服侍我。我对缅甸人的感觉几乎如同我对女人的感觉一般。如大多数民族一样，缅甸人有种特殊的气味——我无法形容它，是种让人牙齿钻痛的味道——但它并不让我恶心（顺便说一句，东方人说我们有味道。中国人说一个白人的味道闻着像尸体。缅甸人也这样说，尽管没有哪个缅甸人无礼到当我面说）。我的态度也有道理可循，因为如果面对事实就得承认，大多数蒙古人的身体比大多数白人好得多。缅甸人皮肤紧实，富于光泽，三十几岁也完全不起皱纹，过了四十岁仅仅像风干皮子一样缩紧；白人上了年纪皮肤就变得粗糙、松弛。白人腿上、手臂上都长着一丛丛丑陋的毛发，胸前还有一片；缅甸人只在那么几处有一两绺坚硬的黑色毛发，其他部位没有多余毛发，下颌也没有胡须。白种男人几乎都会秃顶，缅甸人很少，或从来不会。缅甸人的牙齿坚固，只是都被槟榔汁染黑了，白种男人的牙齿大多腐坏。白种男人通常体型糟糕，脂肪堆积在难看的部位；蒙古人有副好骨骼，老了也几乎和年轻时一样挺拔。诚然，出过几个非常漂亮的白人，但整体而言，东方人外表悦目得多。然而这并不是英国"下等人"比缅甸"土著"让人更反感的原因。我仍认为是幼时习得的阶级偏见在作祟。二十岁出头时我曾短暂入伍过。我当然崇拜二等兵，如任何二十岁的年轻人那样崇拜年长自己五岁、强壮而充满活力的士兵，胸前还挂着"伟大的战争"勋章。但他们仍让我觉得有点厌恶，他们是"普通人"，我想和他们保持距离。一个炎热的早晨，一队士兵在路上行军，我在一个年轻的陆军中尉后面，前面那上百副躯体蒸腾的热汗让我的胃直翻腾。你可以看到，这是地道的偏见。一个士兵的身体冒犯别人的几率不比普通人高，他正当年轻力壮，因新鲜的空气和锻炼几乎从不生病，军队纪律也要求他经常洗澡，保持洁净。但我当时不那样想。我只知道我正闻着"下等人"的汗味，一想到这个我就想吐。

后来我摆脱了阶级偏见，至少摆脱了一部分，这个过程艰难曲折，花了好几年的时间。让我对阶级问题改变态度的事件却是和它没有直接联系的——几乎完全无关的一件事。

我在印度警察部队服役了五年，这五年我怀着言语无法表达的愤懑为帝国服务。在英格兰的自由氛围中，帝国主义这类事情难以被充分理解。若想憎恨帝国主义，你得成为它的一部分。从外部看英国对印度的统治显得——俨然是慷慨的，甚至必要，法国统治摩洛哥，荷兰统治婆罗洲，莫不如此，因为人们治理外国人往往要比治理自己人好。但是成为这个帝国体制的一部分以后,就无法不意识到它是个毫无公正可言的专制制度。即使最麻木不仁的盎格鲁-印度人[①]也清楚这一点。他在街上遇到的每一张"土著"的脸都在提醒他所做的野蛮侵犯。大部分盎格鲁-印度人并非像身处英格兰的人所想的那样自满于这份差事。从最意想不到的人——在政府任职、喝杜松子酒的老恶棍嘴里,我听到:"我们当然没有权利待在这个该死的国家。只是既来之,则安之。"真相是没有哪个现代人,内心深处认为入侵别的国家、用武力镇压当地人民的行为是对的。比起经济压迫,外来压迫是显而易见的、更易理解的罪恶。因而在英格兰,我们驯服地任由劫剥,来供养五十万无所事事的人花天酒地,却宁肯流光最后一滴血,也不愿被中国人统治。类似地,靠不劳而获的利息过活的人并没有对此感到多少良心不安,却明白占领别国、当人家并不需要的主人是错的。结果是每个盎格鲁-印度人都被一种内疚感萦绕,他得竭力将其掩盖,因为没有言论自由,仅仅是让人偷听去他发表煽动言论就会毁了他的前程。印度到处都有

[①] 指在英属印度居留工作的英国人。

暗地憎恨帝国体制的英国人。有时，很偶然地，十分确定遇到了同道中人，潜藏的愤懑才会爆发。我记得和一个在教育部门做事的陌生人在火车上度过的那一晚，我始终没弄清他叫什么名字。天气太热睡不着，我们聊天度夜。经过半个小时谨慎盘问，我们确定对方"可靠"。接下来几个小时里，火车慢慢行驶在无边黑夜中，我们坐了起来，手边几瓶啤酒，谴责大英帝国——从它内部谴责，讲清楚道理，也谈个人体会。这对我们都有好处，但这毕竟是禁止言说的话。在惨淡的晨光中，火车停靠曼德勒站，我们像通奸的男女一样惭愧地道别。

据我的观察，几乎所有的驻印官员都有受良心困扰的时候。例外是那些做着有明显实际用处，不管英国人在不在印度都得做的事，比如林务官、医生和工程师。而我身处警察部门，即专制的实施机器的一部分，在警局可以近距离看到帝国的不堪与肮脏。亲手做肮脏工作与从肮脏的体制获益之间区别相当大：大多数人支持死刑，但大多数人并不做刽子手的工作。甚至在缅甸的其他欧洲人都因其所做的残暴工作而有些看不起警察。我记得有一次我去巡察一个警局，遇到一位熟识的美国传教士，他有事来访。像大多数新教传教士一样,他无甚高见,但人不错。我的一位缅甸巡察员手下正在恐吓嫌犯(在《缅甸岁月》中我描述过这一幕),美国人看着,转向我,带着思考的神情说:"我可不愿做你的工作。"这让我非常羞愧。那就是我的工作!连一个从中西部来的滴酒不能沾的处男传教士都能看扁我、怜悯我!但是即使没人跟我这样说,我也同样会感到羞愧。我对整个所谓的公正机制深感憎恶。不管怎么说,我们的刑法很可怕(顺便说一句,印度刑法比英格兰刑法人道得多)。这法律需要无比麻木的人来执行。蹲在拘留所臭笼子里的嫌犯;长期监禁下饱经恐吓的脸;被竹条鞭笞过、屁股瘢痕累累的男人;家中男人被带走了,嚎哭的妇女和孩子——这些情景,当你对其负有直接责任时就无法当做没看见。我曾眼见绞死一个男人,这对我来说似乎比一千次谋杀还糟。我没有一次走进监狱时不想着自己该坐在栅栏的另一边(大多数访客也有同样的感觉)。我那时想——就此事而言,我现在也这样想——那里最坏的罪犯也比下死刑判决的法官更高尚。当然,我不得不把这意见藏在心里,因为在东方的每个英国人都不得不保持沉默。后来我得出了无政府主义似的观点,认为所有的政府都作恶,惩罚总比犯罪犯下更大的罪，只要任人各行其是，人们自然可被信赖，会行为端正。这当然是善感的泛泛之谈。那时我还不清楚，现在我理解到，总有必要保护安分守己的人远离暴力。无论在何种社会，只要犯罪有利可图，就得采取严厉的刑法，并毫不姑息地执行；不然就是阿尔·卡彭①那一路。不管怎样，觉得惩罚无道德可言——这一感觉难免会从不得不执行惩罚的人那里生出。甚至在英格兰我也能找到许多警察、法官以及狱警，隐隐地厌恶自己的工作。在缅甸，我们实行的却是双重压迫。我们不仅仅绞死人、送人进监狱等等，更是以外国侵略者的身份实施这些惩罚。缅甸人从未真正承认我们拥有审判权，被我们投进监狱的贼并不认为自己是个受到公正处罚的罪犯，他认为自己是一个外国侵略者的牺牲品。对他做的惩罚仅仅是毫无意义、肆意犯下的暴行。他的脸——在拘留所牢固的硬木栅栏后面，在监狱铁栅栏后面——都清楚地说明了这一点。不幸的是，我还没把自己训练到对人类表情麻木的地步。

  当我1927年休假返回英国时，我已下了一半决

---

① 阿尔·卡彭（Al Capone, 1899—1947）：美国禁酒令时期匪帮头目。

心放弃这份工作，嗅到的一缕英国空气帮我做了决定。我不会再回去做邪恶专制的零件。但我不仅仅想从这一份工作逃离。我做一个镇压体制的零件做了五年，这一经历使我深感愧疚。无数记忆中的脸——受审囚犯、死囚牢房里的男人、我苛责过的下属、被我晾在一边的年老的贫农、发怒时用拳头揍过的仆人和苦力（几乎人人如此，至少时不时，东方人很易激怒别人）——萦绕在我眼前，无休无止。我意识到愧疚沉重的分量，我得赎罪。我猜这听起来夸张，但是如果你做一份持完全否定态度的工作做了五年，你很可能也有同感。我把所有想法都精简成一句话，即被压迫者总是对的，压迫者总是错的。一个错误的观点，却是做了压迫者一员后的有感而发。我不仅仅想从帝国主义逃离，更想从每一种人对人的统治中逃离。我想把自己放低，到受压迫者中去，成为他们中的一员，站在他们一边，反抗压迫者。我不得不独自想这些问题，对压迫憎恶到极致。那时，失败对我来说是唯一的美德。每一种可疑的自我提升，甚至是一年赚几百镑这样的"成功"，在我看来都不是什么光彩事，都是种恶行。

这样，我想到了英国工人。我第一次真正意识到他们的存在，起初只是因为他们提供了一种类比。工人是不公正的象征性的牺牲者，他们在英格兰的地位，如同缅甸人在缅甸的地位。在缅甸，问题很简单，白人在上，黑人在下，因此一个人的同情自然在黑人这边。我意识到不需要走到缅甸那么远去找专制和剥削。在英格兰，就在脚下，就是湮没无闻的工人阶级，他们所忍受的磨难不同，却和一个东方人所经历的一样糟。"失业"这个词挂在每个人嘴边。这对从缅甸回来的我而言多少显得陌生，但中产阶级仍在念叨的蠢话（"那些失业者都是废人，不能胜任工作"等等）骗不了我。这种话可能连讲出它的傻瓜们自己也骗不了。另一方面，那时我对社会主义或其他经济理论还没有兴趣。那时我认为——现在有时仍这样认为——经济不公正在我们想让它结束时才会结束，否则会永远持续；如果我们真的想让它结束，采取什么方法并不重要。

但是我对工人阶级的生活一无所知。我读过失业数据，却不明白它们的含义。归根结蒂，我还不知道真相，所谓"受人尊敬的"贫穷往往意味着一贫如洗。一辈子勤恳工作的人一夜之间被抛身街头的厄运，他与自己看不懂的经济法规苦苦缠斗，一个个家庭解体，渐渐被腐蚀掉的羞耻感——所有这些都在我的经验之外。我想到贫穷就想到活活挨饿，因此我马上想到极端例子，那些社会边缘人：流浪汉、乞丐、罪犯和妓女。这些人是"底层中的底层"，这些人是我想了解的人。那时我迫切地想要找到一条摆脱整个体面世界的途径。我谋划了很久，我甚至计划出一些细节，一个人如何卖掉所有东西，放弃所有东西，改名换姓，身无分文，只穿着一身衣服重新开始。在现实生活中没人做到过，除亲戚、朋友不得不顾及之外，一个受过教育的人是否能够做到这些事也值得怀疑，如果他有其他路可走。但至少我能走近这些人，看看他们怎样生活，暂时成为他们中的一员。一旦我走近他们，为他们所接纳，我就算触底了，就可以洗脱一部分罪疚感——这是我感觉到的，即使在那时我也意识到这没道理可言。

我仔细考虑以后，决定了该做什么。我会乔装去如莱姆豪斯（Limehouse）和白教堂（Whitechapel）这样的地方，在普通的寄宿舍过夜，和码头工人、街头小贩、无家可归的人、乞丐以及罪犯成为朋友。我想了解流浪汉，了解如何接触他们，怎么进临时庇护所等等，了解得足够详尽后，我会自己上路。

开始不容易。这需要伪装，而我对演戏没有天赋。比如我无法掩饰我的口音，顶多装几分钟就会露馅。我想象——考虑到英国人细致入微的阶级意识——我一开口就会被认出是个"绅士"，所以我编造了一个不幸的故事，以防被询问。我弄到合适的衣服，把该脏的地方弄脏。我是个难以乔装的人，长得太高，但至少我知道一个流浪汉是什么样（顺便说一句，有多少人不知道！看看《笨拙》漫画里的流浪汉形象，总比实际生活中的落后二十年）。一天晚上，在一个朋友家里准备妥当后，我出门了，慢慢往东走，直到莱姆豪斯堤道的一家普通的寄宿舍，那里很暗，也脏。我认出它是间寄宿舍是因为看到了窗户上"为单身男人提供好床铺"的标识。老天，我进去之前鼓了多大勇气！如今看来则很荒唐。你可以看到我仍对工人有些恐惧。我想接触他们，我甚至想成为他们中的一个，但我仍认为他们陌生而危险。走进那普普通通的寄宿舍阴暗的门就像踏进地下某处恐怖之地——比如老鼠成灾的下水道。我想着肯定有场架要打。里面的人会发现我不是自己人，马上会猜疑是来监视他们的；他们会围攻我，把我扔出门外——我就是这么想的。我觉得我不得不进去，但我并不乐观。

我推开了门。不知从哪儿冒出个穿衬衫的男人。这是"管事",我告诉他我要一张床住一晚。我的口音没有引起他的注意,他只是要了9便士,指了指厨房在哪儿。生着炉火、闷热的地下厨房里,有不少码头工人和筑路工,也有几个水手,正坐着闲聊,玩跳棋,喝茶。没有人多看我几眼。但这毕竟是星期六晚上,有个年轻力壮的码头工人喝醉了,到处晃悠。他转身看见了我,踉跄着朝我来了,宽阔的红脸前耸,眼底闪过怀疑。我僵在那里。架要开打了!他一头倒在我身上,搂着我的脖子。"来杯茶,老朋友!"他动情地喊,"来杯茶吧!"

我喝了杯茶。它像一种洗礼。在那之后我的恐惧消失了。没有人怀疑我,没有人表现出进攻意味的好奇;每个人都彬彬有礼,自然而然把我当朋友。我在那里住了两三天。几星期后,我积累了对赤贫人们习惯的一定了解,第一次上路了。

之后的经历我都在《伦敦巴黎落魄记》里描述过(几乎所有的事件都是真事,只是顺序重新安排过),不必在这里重复。后来我花更久的时间在路上,有时出于自愿,有时不得不走。我在普通寄宿舍总共住了几个月,但属头一次探险在我记忆中最为生动——因为那种陌生感，那种终于到达"底层中的底层"、与工人完全平等相处的感觉。事实上，流浪汉不是典型的工人阶级，但身处流浪汉中间你仍算身处工人阶级中间——前者是后者的一个亚等级，是我当时所能想到的接近工人的唯一途径。有好几天我和一个爱尔兰流浪汉一起走在伦敦北郊，我是他的伙伴，我们晚上睡一间屋，他告诉我他的故事，我告诉他我编造的身世，我们轮流去看起来可能施舍的房前乞讨，分食讨来的东西。我很快乐。我在这里，在"底层中的底层"，在西方世界的基座！阶级栅栏倒了，或者说看起来倒了。身处邋遢的、实际上无聊到极点的流浪汉的地下世界，我有种解脱感，也仿佛进行了一番探险。回望时这一切显得荒唐，却足够栩栩如生。

第十章

可惜,你无法解决阶级问题,凭着与流浪汉交朋友。你至多能摆脱自己的某些阶级偏见。

流浪汉、乞丐、罪犯等社会边缘人总体而言是很特殊的群体,对整个工人阶级的代表意义不比以文学知识分子来代表资产阶级多。和一位外国"知识分子"有交情很容易,和一位体面的外国普通中产阶级有交情则很难。比如有多少英国人见过一户法国寻常资产阶级人家的屋内陈设?或许这完全无缘得见,除非联姻。与英国工人阶级交往情况也类似。再没有比与小偷交朋友更容易的,只要你知道去哪里找他,而与砖瓦工交友则难上加难。

为什么与社会边缘人交往这么容易?人们常常对我说:"你和流浪汉在一起时他们不是真的把你当自己人吧?他们注意到你不一样——比如口音?"等等。事实上,有相当一部分流浪汉,远超过四分之一,一点儿也没留意过口音。首先,很多人听不出口音差别，只看你穿的衣服。我在后门行乞时常常遇到这样的人。有些人听到我"有教养的"口音很意外，其他人则完全没注意到，我衣着破烂还肮脏不堪，这就是他们看到的全部。其次，流浪汉来自英伦各地，彼此口音差别很大。一个流浪汉习惯了听同伴的各种口音，有一些陌生得听都听不懂，而一个从比如卡的夫、达勒姆或都柏林来的人也不一定知道哪种南部英语口音算"有教养"。不管怎样，有"好"口音的人的确少见，但偶尔也会出现。即使流浪汉知道你与他们出身不同，也未必会改变他们的态度。在他们看来，你和他们一样，都"在流浪"。那个世界没有问太多问题的习惯。如果你愿意你可以告诉别人你的经历，大多数流浪汉讲自己的时候也不会觉得被冒犯，但你不必非讲不可，无论你讲了什么都不会遭到怀疑。即使一个主教在流浪汉中间也能感到自在，若他身穿合适的衣服；即使他们知道他是主教也没什么区别，因为他们也知道，或者说相信他已然一贫如洗。一旦你身处那个世界，看起来属于那个世界，你的过去怎样都无关紧要。像一个国中之国，人人平等，一小块邋遢民主——或许是英格兰所存在的最接近民主的东西。

  面对工人阶级，情况就完全不同了。首先，没有走近他们的捷径。穿上合适的衣服，走到最近的临时庇护所，你就能变成一个流浪汉，你却成不了一个筑路工或矿工。即使能胜任，你也无法找到这样的工作。通过社会主义者组织的活动，你能接触到工人知识分子，他们代表工人阶级的程度并不比流浪汉或乞丐高。只有一种办法，通过借住在他家，来接近普通工人，这总有点类似"屈尊"。一连数月我曾借住在不同的矿工家里。我和矿工一家人一起吃饭，我在水槽洗漱，和矿工睡一间屋，一起喝啤酒，掷飞镖，聊天聊很久。但是尽管我身处他们中间，我希望并相信他们不觉得我讨厌，我仍不是他们中的一员，他们甚至比我更清楚这一点。不管你多喜欢他们，觉得他们聊天多有意思，总有阴魂不散的阶级差异刺人发痒，像公主床下的豌豆。这无关反感或厌恶，只是有差异，却足以使真正的亲密无法实现。即使是和自诩共产主义者的矿工在一起时，我也发现需要费心斟酌来避免他们叫我"先生"；他们所有人，除了聊得兴起无法顾及，都为了方便我听而弱化了他们的北方口音。我喜欢他们，也希望他们喜欢我，但我像个外国人一样走到他们中间，我们彼此都清楚这一点。无论你往哪边转，阶级差异的诅咒都像一堵石墙一样挡着你，抑或不太像石墙,更像鱼缸的玻璃面,假装它不存在是如此容易,然而无法穿越。

不幸的是,如今,假装这玻璃可穿越成了时髦。人人都知道阶级歧视存在,同时,人人都说他自己,很神秘地,在阶级歧视之外。势利是众多恶行之一,我们用来指责其他每一个人,却从来不说自己。不只是信仰兼布道型[①]社会主义者,每个"知识分子"也理所当然地认为自己可算是置身那一套阶级聒噪之外;不像他的邻居,他可以看穿财富、等级、头衔等等的荒谬之处。"我不是个势利眼"如今成了种普世信条。有谁不对上议院、军队等级制度、皇室家族、公学、"打猎、射击"的人们、住在切尔滕纳姆[②]家庭旅馆的老妇人、郡中世家以及社会等级加以嗤笑?这已成为一个自动的姿态。你会发现在小说中特别明显。每个标榜具有严肃使命感的小说家都对笔下的上层阶级人物采取讥讽的态度。当一个小说家不得不在故事里放一个货真价实的上层阶级——公爵或准男爵之类——他出于本能般嗤笑他。这当然也有现代上层阶级语言贫乏的缘故。"有教养的"人的谈话是如此死气沉沉,

---

① 原文为法文 croyant et pratiquant。
② 位于英格兰西部,著名温泉疗养地。

枯燥平庸，连小说家也束手无策。最容易出效果的方法就是滑稽，假装每个上层阶级都是无能的蠢货。这个把戏从一个小说家传到另一个小说家，模仿太多次，最后几乎变成无需思量的反射动作。

同时，每个人都明白那不能当真。我们都怒斥阶级差异，却很少有人真的想废除它们。在这里你遇到一个重要事实，每种革命观点，都从一个秘密信念吸收部分力量，即：什么也改变不了。

若想有个好注解，约翰·高尔斯华绥的小说和喜剧值得研究（注意一下作品写作的先后年代）。高尔斯华绥是敏感的、满眼含泪的战前人道主义者的绝佳代表。他把病态的悲悯情结推到极致，认为每个结婚的女人都是拴缚于半人半羊怪的天使。他总是气得直哆嗦，眼见拼命赶工的职员、被克扣工钱的农场帮工、有奸情的女人、罪犯、妓女和动物所受的折磨。在他早期作品中（如《有产业的人》(*Man of Property*)、《公正》(*Justice*) 等等），他把世界分成压迫者和受压迫者，前者坐在上面，就像巨石雕像，整个世界的所有力量集中起来也掀不翻它。但是他真的希望掀翻吗？相反，在与挪不动的专制巨像斗争时，他被它是挪不动的这一意识所主宰。当事情出人意料地发生，熟悉的世界秩序开始崩塌时，他倒觉得事不关己。因此，高尔斯华绥从声援弱势群体、反抗专制和不公开始，最终为了治疗经济顽疾，倡议把英国工人阶级像一车车奶牛那样运到殖民地去（参见《银汤匙》(*The Silver Spoon*)）。若能活得长些，十年，他很可能会抵达某种温和版本的法西斯主义。这是多愁善感者的宿命，所有观点在碰触现实的刹那转变成相反的观点。

一模一样软塌塌的不真诚贯穿所有"进步"观点。拿帝国主义问题做例子。每个左翼"知识分子"都理所当然地认为自己是反帝国主义者。他声称自己毋庸置疑地，就像处在阶级说辞之外那样，处在帝国说辞之外。甚至右翼"知识分子"，并非全然和帝国主义作对的人，也能超脱地消遣它。对大英帝国说俏皮话多容易。白人的负担①、《统领吧，不列颠》、吉卜林的小说和无聊的盎格鲁-印度人——有谁提到这类东西时不窃笑呢？哪个有教养的人从未开过老印度中士的玩笑？中士说，如果英国撤离印度，白沙瓦和德里之间（或随便哪里）一个卢比都留不下，一个处女也没有。那是一种典型的左翼人士对帝国主义的态度，也是种

---

① 指白人殖民者认为应给殖民地黑人居民灌输文明的任务，源于吉卜林小说《白人的负担》(The White Man's Burden)。

松松垮垮、没有脊椎的态度。因为最根本的、唯一值得问的问题是，你想让英帝国继续存在，还是希望它解体？从内心深处说，没有哪个英国人，更不必说所有那些对驻印官员说俏皮话的人，真的希望它解体。因为先不考虑其他方面，我们在本国所享受的高生活水平就取决于对帝国的牢牢控制，尤其是热带部分，如印度和非洲。在资本主义制度下，为了英国人能过得相对舒适，一亿印度人都过着食不果腹的生活——这是罪恶的事情，然而每次钻进一辆出租车或吃一盘草莓冰淇淋时你都在默许它；要么放弃海外殖民地，把英国缩减成一个无关紧要的寒冷小岛，我们所有人都得卖力工作，靠吃鳕鱼和土豆为生。这是哪个左翼人士都最不想要的。他们却仍觉得自己对帝国主义不必负道德责任。在欣然享用帝国带来的好处的同时，他们靠嘲笑维持帝国的人来拯救灵魂。

意识到这一点，才会进而意识到大多数人对阶级问题的不切实际的态度。只要这仅仅是个涉及改善工人生活状况的问题，每个善良的人都会赞同。以矿工为例。所有人，除了蠢人和无赖，都愿意看到矿工生活变好些。如果矿工可以乘舒适的滑车到达采煤面，而不必再用手和膝盖爬着去；如果他能工作三小时一轮班,而不是一口气工作七个半小时;如果他能住上有五间卧室和一间浴室的好房子,拿一周 10 镑的工资——好极了!而且只要动脑想想谁都知道这是可以做到的。这个世界,至少是潜在地,无比富饶;开发得当的话,我们都能过得像王子,如果我们想过得像王子。乍看上去这似乎就是个改善民生的问题。从某种意义上说,几乎所有人都愿意看到阶级差异被废除。显然,在现代英格兰,人与人之间存在没完没了的焦虑,我们受够了。因此有种诱人的信念,差异可以被童子军小队长式的善意呼吼吼灭。别再叫我"先生",老兄!难道我们不都一样吗?我们是朋友,该肩并肩一起走,记住我们是平等的,我知道该打什么花色的领带而你不知道,这到底有什么该死的关系,我喝汤不太出声你喝汤就像水冲进下水道又有什么关系,等等,等等。所有这些都是最有害的垃圾,表达得合时机却很有煽动性。

不幸的是,仅仅希望阶级差异消失无法更进一步。更确切地说,希望它们消失是很必要,但你的愿望没有效力,除非你知道其中涉及了什么。不得不面对的事实是,消除阶级差异意味着消除你自己的一部分。我自己就是一个典型的中产阶级,说我想摆脱阶级差异很容易，但是几乎我所想所做的每一件事都绕不开阶级。我所有的观念——好与坏，美与丑，觉得什么令人愉悦，什么有趣——本质上说，都属于中产阶级；我对书籍、食物、服装的喜好，我的荣誉感，我的吃饭习惯，我讲话的语调，我的口音，甚至是我身体移动的姿态，都是处在社会等级中点上一个舒适的窝里某种特别教养的结果。只有意识到这一点，我才会意识到，拍拍无产者后背，称兄道弟一番没有用；如果我真想和他交流，恐怕得做出超乎预想的努力。想从阶级里跳出来，我不仅要压抑内心的势利，还有其他大部分喜好和偏见。我不得不彻底改变自己，到最后甚至很难被认做还是同一个人。其中涉及的不仅仅是改善工人阶级生活和工作条件，也不仅仅是抛弃势利，而是完完全全抛弃上层阶级的生活态度。说"可以"，还是"不行"，或许取决于我对应该做什么理解到什么程度。

然而很多人觉得他们可以消除阶级差异，并不必在自己的习惯和"意识形态"上做任何改变。打破阶级的活动随处可见。到处都有心怀良好意愿的人们真诚地相信，自己在为此努力。中产阶级社会主义者热切赞扬无产者，开办"暑期学校"，无产者和悔改的资产阶级可以在那里互攀交情,成为永远的兄弟。资产阶级访客说这一切多么奇妙、多么振奋人心啊(无产者访客则反应不同)。还有住在城市远郊的伪善者,威廉·莫里斯[1]时代的遗留,竟仍很常见,说着"为什么我们的生活标准要降下来,而不是他们的升上去",并倡议用卫生、果汁、生育控制、诗歌等手段,让工人阶级升上去(升到他自己的生活标准)。甚至约克公爵(如今的乔治六世国王)也开办了一年一次的夏令营,让公学男孩同贫民窟男孩"平等"地融合,就像"快乐之家"的动物那样,笼子里关着一只狗、一只猫、两只雪貂、一只兔子和三只金丝雀,保持架着武器的休战状态,主人的眼睛正盯着他们。

所有这些有意为之、用来打破阶级的举动,我深信,是很严重的错误。有时这仅仅是白费力气,若说达成了什么,往往是加强阶级歧视。如果你仔细想想,这是唯一可能的结果。你这样人为地推动,在阶级和阶级之间建立起生硬的平等,生出的摩擦将若不如此强迫本可能会永久隐藏的各种情绪带到表面上来。如上文所说的高尔斯华绥,多愁善感者的观点一碰触现

---

[1] 威廉·莫里斯(William Morris,1834—1896):英国诗人、画家、工艺美术家,著有《乌有乡消息》。

实就转变成相反的观点。刮擦一个爱好和平者的表面,你会发现底下是一个好战分子。中产阶级独立工党党员们和留大胡子喝果汁的人都呼吁无产阶级社会,只要他们从望远镜错的那端观看无产者;强迫他们与无产者做真正的接触——比如让他们在星期六晚上同喝醉的渔夫打一架——他们就会转回最常见的势利态度。但是大多数中产阶级社会主义者不太可能同渔夫打架,他们接触到的无产者往往是工人知识分子。而工人知识分子明显分为两路,一路仍是工人——仍继续做技师、码头工人或其他类似工作,对改变其口音和习惯没兴趣,但在业余时间"提高思维能力",并为独立工党或共产党工作;另一路则改变了不少,至少从外表看是如此,通过获得国家奖学金成功跻身中产阶级。前一种人真是杰出的人。我见过这样的人,即使是最古板的保守党人也无法不喜欢不欣赏他们。后一种人,除了一些例外(如 D. H. 劳伦斯),就逊色得多。

首先,尽管这就是设立奖学金制度的初衷——让工人阶级试着通过文学来融进中产阶级,但这仍缺失了些什么。因为如果你恰好是个善良的人,闯进文学圈就并不容易。现代英语文学圈,至少就其精英部分而言,仿佛某种有毒的丛林,只有杂草可以繁盛。如果你是个真正的受欢迎的作家——如写侦探小说的，才可能既当个文学绅士又保持淳良。但要做一个高雅的文学人士，要在目空一切的杂志上取得立足之地，则意味着投身于种种折磨人的幕后活动和巴结逢迎。在高雅圈里能"向上爬"，和文学修养无甚关联，你得是鸡尾酒聚会上最逗笑的人，还得向布满寄生虫的文学名士大献殷勤。这是最有可能向无产者敞开的世界。一个工人阶级出身的"聪明"男孩，赢得了奖学金，显然不再适应体力劳动，会找到其他向上爬的途径——如通过参与工党政治活动——但文学途径是迄今最常见的。文学伦敦如今处处有这样的年轻人。他们中的许多人并不友善，并不能代表其阶级，而最糟的莫过于：一个资产阶级出身的人如愿地见到一个无产者，多半就是这种人。结果驱使资产阶级——一直把无产者理想化，对其一无所知——又回到势利的大爆发。这过程有时很滑稽，如果你刚好站在旁观者位置上观察的话。可怜的、好心的资产阶级，张开双臂，急切地想拥抱他的无产者兄弟，不一会儿就缩了回来，被借走了5镑，埋怨着："该死，这家伙不是绅士！"

在这类接触中，资产阶级困惑地发现，自己的某些标榜被当真了。我已说过一般"知识分子"的左翼意见都经不起推敲。出于纯粹的模仿，他嘲笑他实际上相信的东西。例子不胜枚举，拿公学荣誉守则来说，"团体精神""一个人倒地时不要打他"这类老生常谈，谁没嘲笑过它们？自诩"知识分子"的人谁敢不嘲笑它们？但是当你遇到从外部嘲笑的人，情况就有些不同；如同我们花大量时间来痛骂英格兰，听到完全同样的话从一个外国人嘴里说出就十分生气。谁也比不上《快报》的"海滩拾荒者"[1]对公学的嘲笑。他很有理由嘲笑这些荒唐守则——把玩牌作弊标为罪中之罪。但是如果他的一个朋友被捉住玩牌作弊，"海滩拾荒者"愿意吗？我对此怀疑。只有当你遇到来自不同文化的人时，你才会意识到自己的信条到底是什么。如果你是个资产阶级"知识分子"，你很容易想象自己变得不那么资产阶级了，既然你发觉嘲笑爱国主义、英国国教会、老公学领带、老牌上校以及所有其他类似的东西如此容易。但在工人"知识分子"看来，至少就其出身而言的确是外在于资产阶级文化，你与老牌上校的相似之处或许比你们之间的不同之处更显著。

---

[1] 指《每日快报》上由温德姆·刘易斯（Wyndham Lewis）发起，后由J.B. 莫顿（J. B. Morton）续写的幽默专栏，"海滩拾荒者"为共用笔名。

他很可能把你和老牌上校看成一类人，从一方面说他是对的，尽管你和老牌上校都不会承认这一点。因此无产者和资产阶级，当他们有机会聚首时，并不总是久久失散的兄弟式拥抱，而更可能是一场冲突，不同文化间的冲突，只能在战场上兵戈相见。

刚才我是站在资产阶级的位置上思考，他们发觉心底的信条受到挑战，被赶回保守的老路。同时，也必须把在工人"知识分子"间唤起的敌意考虑在内。通过自己的努力，有时还要经受不少磨难，他挣扎着走出自己的阶级，进入到他所期望的更自由、更有教养的阶级，但他所能找到的，常常是空虚、死寂、缺乏温度——缺乏真实的生命。他不禁觉得资产阶级就像身边堆满钱的蠢蛋，血管里流淌的是水而不是血——这就是那套说辞，几乎随便哪个工人阶级出身的小高雅都会这么说，我们不胜其扰。每个人都听过，或者现在可以听听它是怎么说的：资产阶级"死了"（死是如今非常滥用的词，很有效果，因为已经失去了意义），资产阶级文化快完了，资产阶级"价值"令人厌恶，等等，等等。如果你想找些例子，《左派评论》随便哪期都有，或是年轻一代的共产主义者如阿列克·布朗、菲利普·亨德森等人的文章。这类东西真诚度很值得怀疑，但 D. H. 劳伦斯是真诚的，把同样的想法说了又说，姑且不论其他方面。他反复唠叨英国资产阶级都死了，至少是被阉了。梅勒斯，《查泰莱夫人的情人》里的猎场看守（就是劳伦斯自己），有机会走出自己的阶级，并不想回去，因为英国工人有各种"令人讨厌的"习惯；而另一方面，梅勒斯在一定程度上融入其间的资产阶级，在他看来却是半死的，一群被阉割的人。查泰莱夫人的丈夫，具有象征意味地，是性无能。还有关于年轻人的诗（又是劳伦斯自己），他"爬上了最尖的树梢"，却爬下来说：

噢！你就像只猴子
要是你爬上树！
你再也用不着坚实的土地
也不必再往回看。
你坐在枝头叽叽咕咕
没有谁比得上你神气。

他们都咕哝咕哝，唧唧闲扯，
从未有一个他们说的词
可称得上有胆量，小子，

他们瞎话连篇……

我告诉你有些事降到他们头上了，
那上面全是些小嫩母鸡；
他们中间没一只雄鸟……等等，等等

你很难找到比这更直白的说法了。所谓"在树尖"的人很可能是指真正的资产阶级，年收入2000镑以及更多的人——更可能是指每一个或多或少寓身于资产阶级文化的人，从小被教导操一口刻意而为的口音，住在有一两个仆人的房子里。在这里你可以看到这套说辞的危险——它足以引发空前的敌意。因为当你遇到类似指责，你就像撞上一堵空墙。劳伦斯说我是阉人因为我上过公学。我能举出体检报告来证明我不是，又有什么用？他的指责还在那里。如果你说我是个无赖，我还可以还嘴；说我是阉人，你是在怂恿我怎么顺手怎么还击。若想与人为敌，就跟他说他的病无药可救。

多数无产者和资产阶级聚首的净结果就是：他们把一种被"无产者"说辞（阶级和阶级之间强迫接触的产物）所激化的敌意暴露出来。唯一可行的是放缓进程，不要强迫推行。如果你私下认为自己是个绅士，是蔬菜水果店跑腿伙计的主人，实话实说比撒谎好得多。从根本上说你不得不放弃势利，但是在你真的愿意放弃之前，假装已经放弃了会引起灾难性后果。

同时，还可以观察到的现象是，一个中产阶级在二十五岁时是狂热的社会主义者，到了三十五岁则成了对一切不屑一顾的保守派。其转变可谓再自然不过。或许一个没有了阶级的社会并不意味着快乐安详，我们还像从前那样生活，只是没有了阶级仇恨和势利；或许那意味着一个荒芜的世界，我们所有的理念、道德、喜好——即我们的"意识形态"——都丧失了意义。或许这桩打破阶级的事不像看起来那么简单！相反，它是狂奔着没入黑暗，笑容也许会在尽头处老虎脸上浮现。带着充满关切、尽管有点自认高人一等的微笑，我们去欢迎无产阶级兄弟，但是等等！无产阶级兄弟——就我们所了解的而言——并不要我们的欢迎，他们要我们自行了断。当资产阶级以那种方式来看待无产者时他会逃跑，如果跑得够迅速，他会搭上法西斯主义。

第十一章

那么，社会主义又如何？

此时此刻，毋庸赘言，我们身陷困境，事态严峻得即便是最不愿动脑的人也发现很难装做视而不见。我们所处的世界，没有人是自由的，几乎没有人是安全的，想既诚实又能活命几近异想天开。工人阶级里有数目庞大的人群，就像我在前面几章描述的那样生活，他们的生活也没有能够得到根本改善的迹象。英国工人的最高期望是失业率偶尔、暂时地下降——这发生在对某类工业的需求陡增之时，如更新武器装备。甚至是中产阶级也第一次感觉到事态之紧迫。他们还不了解实实在在的饥饿，却有越来越多的人发觉自己深陷沮丧，越来越难说服自己开心、活跃或有用。而顶层的幸运儿，真正的资产阶级，也不时意识到底下有苦难，更对未来充满恐惧。而这仅仅是开始，英国依然富有，一百年来所掠夺的财富还握在手里。以后会有什么样的恐怖降临，天知道——在这个闭塞的岛上，人们甚至对这恐怖一无所知。

同时，稍微动脑想一想，谁都会明白，社会主义，作为一种着眼于全球的制度，是一条生路。它至少能保证我们有足够吃的，即使它剥夺走其他一切。从一方面说，社会主义是如此人尽皆知的常识，我有时不禁纳闷它为何还未站稳脚跟。世界是个在空间里航行的舟筏，给每个人都准备了丰盛的食物（潜在地）；我们必须相互扶持，确保人人做力所能及的工作，得到应得的报偿。这种观点如此显而易见，没有人会反对，除非他有些不可告人的动机，要倚仗现有制度来实现。然而我们不得不面对社会主义还没有建立起来的事实；它不但没前进，相反，在明显后退。此时此刻，世界各地的社会主义者在法西斯的疯狂进攻面前节节败退，溃塌速度快得可怕。眼下，西班牙的法西斯军队正在轰炸马德里，在这本书印刷成型之前，很可能又多了一个法西斯国家。法西斯也控制了地中海，意味着英国的外交政策受控于墨索里尼。我不想在此讨论涉及范围更广的政治问题；我关注的是这一事实，即社会主义正在丧失它本该争取到的地盘。社会主义有如此多的拥护者——既然每一个饥肠辘辘的肚子都是支持社会主义的——可比起十年前，认可社会主义观念的人反而少了。如今，普通人不仅不是社会主义者，还对社会主义十分敌视。这主要归咎于错误的宣传方法，它暗示社会主义，就其目前呈现的样态而言，本身有着无法去除的引人厌恶的地方——这就赶走了本应聚集起来支持它的人。

几年前这看起来也许不算什么。似乎就像昨天的事，社会主义者，尤其是正统马克思主义者，带着神气的微笑告诉我，社会主义正在自然而然地来临，通过某种神秘的、被称为"历史必然性"的过程。或许这信念仍有信众，但至少可以说已有所动摇；因而在不同国家，共产主义者的态度都起了骤变，从蓄意破坏民主势力到与其结盟。在此时此刻，发掘为何社会主义失去吸引力十分必要。说如今对社会主义的厌恶是因为人们愚蠢或缺乏道德感没有用。若想去除那厌恶，你得先理解它，这意味着你得钻进普通反对者的思维，至少也得同情地看待其观点。除非真的听懂，否则不会有恰当的回应。因此十分矛盾地，为了捍卫社会主义，从攻击它开始很有必要。

在前面三章我试着分析了由我们过时的阶级制衍生的几重困难；我还会回溯这一点，因为我相信目前处理阶级问题极其愚蠢的做法会驱使各种潜在的社会主义者涌向法西斯主义。下一章我会讨论使思维敏感的人远离社会主义的潜在假设。在这一章我仅仅讨论浅表排斥——当你提起社会主义时，不是社会主义者的人（我可不是指那种只会追问"钱从哪来的"型社会主义者）常常会说的话。有些话显得可笑，自相矛盾，但这不是重点；我只讨论症候，以及任何有助于理解社会主义不被接受的原因的相关问题。也请注意我支持社会主义，而不是反对。但此刻我是魔鬼辩护士，我在分析那些认同社会主义根本目标的人，他们能够理解社会主义"行得通"，在实际生活中却唯恐避之不及。

向这类人提问，你常常会得到有些可笑的回答："我不排斥社会主义，但我排斥社会主义者。"逻辑上讲这是个坏论证，但它受众很多。和基督教情形类似，对社会主义最坏的广告是其追随者做的。

一个局外观察者会惊讶地发现，目前的社会主义是个完全局限于中产阶级的观念。典型的社会主义者，并非如颤颤巍巍的老妇人想象的那样，是面目凶狠的工人，身穿油腻外套，声音刺耳。他要么是个年轻势利的布尔什维克，很可能五年内娶了富小姐，并改信罗马天主教；要么，更典型的，是个循规蹈矩的普通人，做份白领工作，私下滴酒不沾，常有素食倾向，有新教背景，总之，有个不想因犯错而丧失的社会位置。后一类人在各类社会主义政党里很普遍。老自由党可谓由这类人所组成。除此之外，更糟糕的是，在社会主义者聚集各处都有怪人盛行。人们有时会觉得，在英格兰，"社会主义""共产主义"这些词听着就对如下这群人有磁石般的引力：喝果汁的人、裸体主义者、倡议穿便鞋的、性躁狂、公谊会教徒、"自然疗法"庸医、绥靖主义者和女性主义者。今年夏天，我坐车经过莱奇沃思，停站时，两个看着让人讨厌的男人上了车。他们都六十多岁，都很矮，脸色红润丰满，都没戴帽子。一个秃顶得扎眼，一个留着灰色长发，是劳合·乔治①式样。两人都穿着淡绿色的衬衫、黄褐色的短裤，紧绷得你都可以细数屁股上的坑印儿。他们的出现引起了一点骚动。旁边的男人，我敢说是个旅行推销员，看了看我，又看了看他们，又回头看我，喃喃说"社会主义者"，就像说"印第安土著"的语气。或许他是对的——独立工党在莱奇沃思举办夏季学校。但重点是对他而言，对一个普通人而言，一

---

① 劳合·乔治（Lloyd George，1863—1945）：自由党领袖，1916—1922年任英国首相。

个怪人意味着社会主义者，一个社会主义者意味着怪人。任何社会主义者，他可能觉得，都可以归纳为有点不对劲的人。甚至社会主义者自己也这样认为。比如我有份另一所夏季学校的简章，写明每周的活动，他们会问我"是否是素食者"。他们理所当然地认为有必要问。单单这种事就足以驱赶无数善良的普通人。而他们的直觉非常准确，因为有食物怪癖的人，从定义上说，就是为了给躯壳多加五年寿，愿意把他自己与人类社会隔绝，换言之，即不通人情的人。

同时，你还得面对一个丑陋的事实，大多数中产阶级社会主义者，理论上诉求一个无阶级的社会，却像黏胶一样仍攀附在那一点折磨人的社会地位上。我记得第一次在伦敦参加独立工党分部集会时的情景（在北方情况可能很不同，那里资产阶级分散得多）。这些吝啬的讨厌鬼就是工人阶级的捍卫者？我想着。因为在场的每一个人，无论男女，都烙着不屑一顾的、中产阶级优越感的最深的印记。如果一个真正的工人，比如从井下刚上来的脏兮兮的矿工，突然走到他们中间，他们会觉得尴尬、气愤和厌恶；有些人，我猜，还会掩着鼻子逃走。你在社会主义文学中也能看到同样的趋势，傲慢腔虽不明显，却与工人使用的习语以及思考方式完全脱节。科尔、韦布、斯特拉奇[1]们可算不上是无产阶级作家。能被称为无产阶级文学的东西如今是否存在都值得怀疑——甚至《工人日报》也是用标准南部英语写的——比起我能想到的任何一位社会主义作家，一个优秀的音乐厅喜剧表演者更可能创造无产阶级文学。至于共产主义者的专有行话，在日常谈话里十分罕见，和数学教科书的语言一样罕见。我记得我听过一位训练有素的共产主义者对着一群工人演讲，他讲的是常见的照本宣科，一串串长句子，"然而""尽管如此"等插入语不断，行话也不断，讲了"意识形态""阶级意识""无产者团结性"等一整套。在他之后一个兰开夏工人站了起来，用本地话演讲。两个演讲者谁离听众更近没太大疑问，我却一点也不认为那个兰开夏工人是正统共产主义者。

因为必须记得，一个工人，只要他一直做一个真正的工人，在完整的、逻辑推导连贯的意义上，就很难做个社会主义者。他很可能给工党投票，有机会的

---

[1] 科尔（George Douglas Howard Cole，1889—1959）：英国费边社成员；韦布（Sidney Webb，1859—1947）：英国费边社倡导者之一；斯特拉奇（John Strachey，1901—1963）：政治理论家，1929—1931年任工党议员。

话甚至给共产党投票,但是他对社会主义的理解同书本培养的、有职位在身的社会主义者十分两样。对普通工人,也就是你会在周六晚上的小酒馆遇见的那类人来说,社会主义即是工资多些、工作时间短些、没人对你吆五喝六。对更革命一点的工人,那种热衷游行、上了雇主的黑名单的工人来说,这个词像是对抗压迫势力的战斗口号,隐隐预示着暴力。就我所接触过的工人而言,他们对社会主义的理解到此为止;尽管如此,他们仍比正统马克思主义者更像真正的社会主义者,因为他们的确记得,社会主义意味着公正和普遍良知,而这是其他人常常忘记的。他们理解不到的是,社会主义不仅仅是要求经济公正,更意味着对整个文明做出深远变革,自然也包括他自己的生活。而他们的社会主义未来是如今的世界去掉最坏的部分,其他不变,依然关注同样的事物——家庭生活、常去的酒馆、足球比赛,还有当地市政选举。至于马克思主义的哲学层面,拿那三个神秘的独立实体正、反、合来猜豆子①,我从未见过哪个工人有一丝兴趣。当然,许多工人阶级出身的人是理论型社会主义者,但

---

① 指历史悠久的街头赌局,赌三只顶针下哪一只扣着干豌豆。

他们已不再是工人,即不再用双手劳动。他们要么像我在上一章提到的那样,通过钻进文学圈跻身中产阶级,要么成为工党议员或工会组织官员——令人深感绝望的一幕:他被选中为同伴战斗,而这一切对他来说不过是一份松闲的工作,和"提升"自己的机会。在和资产阶级斗争时——更是通过和资产阶级斗争,他自己变成了一个资产阶级,还很可能仍是个正统马克思主义者。我却从未遇到一个一直劳动的矿工、钢铁工人、纺织工人、码头工人、筑路工或其他工人听起来满口"意识形态"。

共产主义和罗马天主教主义之间存在的类比之一,是只有"有教养的"人是完完全全的正统。英国罗马天主教教徒——我不是指正宗天主教教徒,而是后来改信的人,如罗纳德·诺克斯①、阿诺德·伦②——具有极其强烈的自我意识。显然,除了是罗马天主教教徒这个事实外,他们从来不想,也从来不写别的。这一事实和随之而来的自我褒扬组成了天主教背景的

---

① 罗纳德·诺克斯(Ronald Knox,1888—1957):罗马天主教神父(后来改信),著有颇多天主教书籍。
② 阿诺德·伦(Arnold Lunn,1888—1974):著名登山家、滑雪运动家,1933年改信罗马天主教,在西班牙内战期间公开支持佛朗哥。

文学人的固定动作。而真正有趣之处在于他们如何发掘对正统的暗示，直至生活中最微不足道的细节也囊括其中。哪怕是你喝的东西，也能是正统或异端的。因此有了切斯特顿、"海滩拾荒者"等人发起的运动，声讨茶，赞同啤酒。切斯特顿认为，茶是"异教的"，而啤酒是"基督教的"，咖啡是"苦行者的鸦片"。不巧的是，天主教盛行"禁酒"运动，而世界上最著名的饮茶鬼是天主教笼罩下的爱尔兰人。而我感兴趣的是这种态度，甚至能使食物和饮料化为排除异己的场所。一个工人天主教教徒决不会那样荒谬地坚持。他不会把时间花在反复想自己是个天主教教徒这件事上，他也不会特别留心自己与不是教徒的邻居有何不同。和一个住在利物浦贫民窟的爱尔兰码头工人说他的那杯茶是"异教的"，他会喊你傻子。在更严肃的事情上他也不太能理解其信仰的含义。在兰开夏郡信仰天主教的家庭里，你能看到耶稣受难像在墙上，《工人日报》在桌上。只有"有教养的"人，尤其是文学人士，才知道怎样当个顽固的盲从者。共产主义也类似，这种信仰从未在一个真正的无产者身上扎根。

但是有种说法，说尽管理论式的、书本培养的社会主义者自己不是工人，却也受到一种对工人阶级的爱的鼓舞。他正竭尽全力摆脱资产阶级地位，站在工人一边斗争——那显然就是他的动机。

是这样吗？有时我看着一个社会主义者——知识分子式的、写宣传册的那一类型，他的套头毛衫、卷发和马克思名言引用——想着他的动机到底是什么。难以相信，是对某人的爱，尤其是对工人，他离得最远的一群人。许多社会主义者的潜在动机是对秩序单纯而强烈的需要。眼下的事态让他们生气，不是因为使人遭殃，更不是因为使自由成为不可能，而是因为不洁净，他们想要的不过是把世界简化成一副棋盘。看看终生为社会主义者的萧伯纳的剧作。它们呈现了多少对工人生活的理解？它们意识到工人生活的存在了吗？萧伯纳声称你只能把工人"作为怜悯的对象"搬上舞台——他甚至连那样也没做到，只是写出了像W. W. 雅各布斯[①]笔下的逗笑人物——程式化的伦敦东区佬喜剧，如《巴巴拉少校》(*Major Barbara*)、《布拉邦德上校的皈依》(*Captain Brassbound's Conversion*)中的那些工人形象。他对工人顶多是《笨拙》那样的

---

① W. W. 雅各布斯（W. W. Jacobs，1863—1943）：英国小说家。

窃笑态度，在更严肃的时刻（例子，想想在《错姻缘》(*Misalliance*)中象征赤贫阶级的年轻人），他觉得他们只是卑劣的一群。贫穷，以及因贫穷而养成的思维习惯，是该从上面被禁止的东西，必要时可使用暴力，他可能更倾向使用暴力。因此他崇拜"伟大"的人，对专制孜孜以求，在他看来，斯大林和墨索里尼难分伯仲（参见他对意大利—阿比西尼亚①战争和斯大林—威尔斯谈话所发表的观点）。在西尼·韦布夫人②的自传中，你能看到同样的观点，以更拐弯抹角的方式说出，书中无意间提供了高尚的社会主义者参观贫民窟的最真实的景象。真相是对许多人来说，对自诩社会主义者的人来说，革命不是他们希望参与其中的大众运动，而是一系列改革，涉及"我们"——聪明的一群，不得不和"他们"——底层人，勉强掺在一起。另一方面，说书本培养的社会主义者是毫无感情的冷血动物也不对。他们尽管很少对受剥削者表现出喜爱，却能鲜明地表达对剥削者的憎恶——某种理论上的、理应表现的古怪憎恶，因而也就有了浩大

---

① 东非国家埃塞俄比亚的旧称。
② 西尼·韦布夫人（Mrs. Sidney Webb, 1858—1943）：即西尼·韦布之妻比阿特里斯·韦布，英国费边社会主义者，社会活动家。

的声讨资产阶级的老式社会主义游戏。几乎随便哪个社会主义者都那么容易投身于对某个阶级的疯狂斥责中，而这阶级是他自己一直从属其中的，或天生如此，或半路钻进。有时，他们对资产阶级习惯和"意识形态"的憎恶辽远得连小说里的资产阶级人物也憎恶。亨利·巴比塞[①]认为，如普鲁斯特、纪德等作家的笔下人物，是"让人非常乐意看到在街垒另一边出现的人物"。这里出现了"街垒"。从《炮火》（*Le Feu*）来判断，我觉得巴比塞并不喜爱自己的街垒经历，而想象拿刺刀刺无法还手的"资产阶级"，与真实情景还是有点不同。

旨在侮弄资产阶级的著作中，据我所见，最具代表性的当属米尔斯基[②]的《大不列颠的知识分子》（*Intelligentsia of Great Britain*）。这本书非常有趣，行文洋洋洒洒，每个想要了解法西斯主义是如何崛起的人都该一读。米尔斯基（从前是米尔斯基王子）是来自俄国的流亡者，在伦敦大学做过几年俄罗斯文学的

[①] 亨利·巴比塞（Henry Barbusse，1873—1935）：法国作家，代表作《炮火》。
[②] 即德·斯·米尔斯基（Mirsky，1890—1939），著有《普希金》、《俄国文学史》等。

讲师。不久他投身共产主义,返回祖国,写了这本书,以马克思主义来观照英国知识分子的"嘴脸"。这是一本用意十分恶毒的书,"如今你管不到我了,我想怎么说就怎么说"的口气贯穿全书。除了立意上的歪曲,它还包括一些十分明显、可能是有意而为的描述,如:说康拉德是个和吉卜林相当的帝国主义者,D. H. 劳伦斯是写"纯感官色情"的,"成功地抹去了能追查到其无产阶级出身的一切线索"——好像劳伦斯是个爬进上议院的猪肉贩子!这类写法让人非常不安,若记得这本书是给一个无法检验其准确与否的俄罗斯读者写的。但此刻我想的是,英国公众怎么看待这样一本书。这里有一位具有贵族血统的文学人士,他可能一辈子都从未和一个工人能称得上平等地说过话,却在恶狠狠地咒骂他的"资产阶级"同事。为了什么?从表面上看,出于纯粹的诽谤。他在与英国知识分子作战,那么,又为了谁?在这本书里没有说明。因此像这样一本书只会给人留下一个印象,即共产主义除了憎恨就没有别的。在这里,你又一次碰到共产主义和(改信的)罗马天主教主义之间的古怪相似。如果你想找一本类似的书,就该到常见的罗马天主教捍卫者那里去找。那里有同样的恶意,同样的不诚实,尽管为天主教教徒说句公道话,他们的态度还没这么恶劣。太古怪了,米尔斯基同志的精神兄弟应该是神父!共产主义者和天主教教徒所标榜的甚至可谓正相反,若环境允许,一方都乐意活煮另一方,但在局外人看来,他们非常非常相似。

目前的社会主义主要吸引的是不那么好、甚至是冷酷的那类人。一方面,有好心肠的、不太深思的社会主义者,典型的工人阶级社会主义者,只想消除贫困,并不太能理解这举动的含义;另一方面,有知识分子式的、书本培养的社会主义者,理解到必需抛弃现有文明,也十分愿意去行动。这类人完全来自中产阶级,包括在小镇长大、居无定所的中产阶级。更糟的是,它还包括——在一个外人看来甚至就是由这些人组成——我上文讨论过的那些人:激烈斥责资产阶级的;像萧伯纳那样往啤酒里多掺些水类型的改革者;年轻而狡猾的靠钻进文学圈向上爬的——这些人都成了共产主义者,五年后又会成为法西斯主义者。所有这些人,所有高尚的行善女人、穿便鞋的、留胡子喝果汁的,都循着"进步"的气味而来,就像绿头蝇着迷一头死猫。善良的普通人,对社会主义根本目标表示同情的,会觉得在那些专业党派里都没有他的位置;

甚至还从此断言社会主义是快要临头的厄运，能拖延多久是多久。当然，由其信徒评判一场运动并不十分公允，问题是人们不可避免地这样做，眼下所流行的社会主义观念，混进了"社会主义者无聊、让人讨厌"的观念。"社会主义"被想象成嚷得更响型社会主义者独大的地方，这非常有害。普通人不会抗拒无产阶级专政，如果是有策略地实施；但若摆出居高临下的姿态，他会马上反抗。

有种广泛流传的感觉，觉得社会主义若成为现实，与我们自己的文明相比就如同一瓶来自殖民地的新制勃艮第比之于几勺上等博若莱。无可否认，我们活在一个文明的废墟中间，这曾是个伟大的文明，如今七零八落，碎成一块块的它，几乎仍安然无恙地繁荣着。可以说，它仍散发芬芳；而想象中的社会主义未来，就像殖民地酿勃艮第酒，尝起来只是铁与水。事实是，哪一路艺术家都没能投身社会主义。尤其是作家，比起其他人，如画家，其政治观点更直接、更明显地与作品相关。如果面对事实的话就得承认，几乎所有被称为社会主义文学的东西都无聊而乏味。看看目前的英格兰。整整一代人都可谓受到了社会主义观念的耳濡目染，而社会主义文学的最高水位，是 W.

H. 奥登（类似怯懦的吉卜林[①]），以及与其相识的更逊一等的诗人们。每一位著名作家，每一本值得读的书都在另外一边。我愿意相信苏联情况不同——我所知不多——因为也许在后革命时代的苏联，单凭事态之暴力就能催生某种强健类型的文学。但可以肯定的是，在西欧，社会主义没有生产出有价值的文学。稍早前，这些问题还不这么明显时，有些重要作家也称自己为社会主义者，这只是所指含混的称呼。易卜生、左拉说自己是社会主义者，仅仅指他们是"进步"的，而阿纳托尔·法朗士这样说则意味着他反对教会势力。如今的社会主义作家，总在夸夸其谈——萧伯纳、巴比塞、厄普顿·辛克莱[②]、威廉·莫里斯、沃尔多·弗兰克[③]等等。我当然不认为因为文学绅士不喜，社会主义就该受到批评；我甚至也不认为就该有社会主义文学这种东西，但我觉得这是个坏征兆，没有值得哼

[①] 作者后来有所修正："几年前我将奥登说成'类似怯懦的吉卜林'，就这句话本身而言，仅仅是一句刻薄之辞，但是，奥登的诗作，尤其是较早创作，始终贯穿着一股昂扬的气氛——与吉卜林的《如果》或钮搏特那句'Play up! Play up! Play the Game!'十分类似。"（语出《在鲸鱼腹中》一文）

[②] 厄普顿·辛克莱（Upton Sinclair, 1878—1968）：美国小说家。

[③] 沃尔多·弗兰克（Waldo Frank, 1889—1967）：美国小说家。

唱的歌谱写出来。我仅仅指出事实，真正有天赋的作家通常对社会主义漠不关心，有时还持非常敌意的态度。这是场灾难，不仅作家深受其害，社会主义运动也因此元气大伤，它迫切需要这些作家。

这就是一个普通人对社会主义的浅表排斥。我了解整个令人沮丧的论争，因为论争双方我都了解。我在这里说的，既有我对试图感化我的社会主义信徒说过的话，还有我试图说服一脸厌烦的普通人时他们对我说的话。出于对一个个社会主义者、尤其是总是引用马克思的人的厌恶，人们的不满情绪持续积聚。被那类事情影响不显得幼稚吗？不愚蠢吗？甚至不可鄙吗？是这样，关键在于还常常发生，因此铭记在心很重要。

第十二章

但是,还有比上一章讨论的小范围的暂时排斥严重得多的阻碍。

面对知识人常常站在另一边这一事实,社会主义者往往归因于道德败坏(不论有意还是无意),或无知——认为社会主义"行不通",或单纯的恐惧,恐惧社会主义建立之前的革命会打破自己宁静舒适的生活。毫无疑问,上述这些都很重要,然而还有许多人不受这些影响,却仍对社会主义抱有敌意。他们的排斥是精神上的,或称"意识形态"上的。不是因为"行不通",而是因为会行得太通;他们害怕的不是这辈子的事,而是在遥远的未来,当社会主义成为现实时将会发生的事。

很难见到一个坚定的社会主义者能够意识到这一点:进行思考的人们对社会主义所要达成的目标感到恐惧。尤其是马克思主义者,把这类事情当做资产阶级特有的多愁善感抛在脑后。马克思主义者往往不太擅长揣摩其对手的思路;如果他们擅长,欧洲的事态或许不会像眼下这样危急。有了一桩似乎可以解释一切的技术，他们常常无暇顾及别人脑子里在想什么。比如下面这个例子。在讨论支持者众多的观点——从某个角度来说是对的——即法西斯主义是共产主义的产物时，最出色的马克思主义作家之一 N. A. 霍德威（N. A. Holdaway）先生写道：

"共产主义导致了法西斯主义"这种陈词滥调……有那么一点道理，即：共产主义者的出现警告统治阶级，民主式的劳工政党无法使工人阶级服膺，资本家专政如果想继续维持统治，必须改头换面一番。

从这段话里你可以看出这种方法的漏洞。因为发现了法西斯主义兴起的潜在经济动因，作者也就自然而然地认为其精神的一面不重要。法西斯主义被当做"统治阶级"的花招抛在一边，虽然说到底它的确是如此。但这个判断本身只能解释为什么法西斯主义吸引资本家。为什么还有那几百万人，从物质角度看没有得到任何好处，自己也常常意识到这一点，却仍是法西斯的拥护者？显然，他们走的完全是精神路径。他们被驱赶着，只能涌向法西斯主义，因为共产主义攻击了，或者说看起来让人觉得是在攻击比经济动机更深层面的某些东西（爱国主义、宗教等等），从那个角度而言，说共产主义导致了法西斯主义非常正确。不幸的是，马克思主义者一直在集中精神把经济猫从意识形态的袋子里放出去，这能够揭示真相，却也有大多数宣传都没击中要害的弊端。精神上排斥社会主义，尤其是在敏感人群中显现的那种排斥，是我想在这一章讨论的。我不得不花一定篇幅分析，因为它流布非常广泛，非常有影响力，而社会主义者对此几乎毫无察觉。

首先，人们往往可以注意到，社会主义这种观念与机械化生产的观念密切相关。就本质上说，社会主义是一种城市观念，它与工业化几乎同时发展，在城镇无产者和城镇知识分子间总有根基。事实上，它能否在非工业化社会出现都是疑问。有了工业化做基础，社会主义观念会自然而然地生发出来，因为私有制只有在每一个个体（或家庭或其他社会单位）多少可谓自给自足的情况下才能存在，而工业化的后果是任何人都不能自给自足哪怕是一会儿。工业化发展到一定规模后，必然会导致某种形式的集体制。当然，不一定是社会主义，也可能是奴隶国家，法西斯就是这种预言。反过来也正确。机械化生产意味着社会主义，而社会主义实行起来也意味着机械化生产，要求某些与落后的生活方式相抵触的东西。比如它要求地球上各区域之间保持沟通，货物往来；它要求一定程度的集中管控；它要求所有人大致均等的生活标准，或许还要求某种标准化的教育。因此我们可以说，在社会主义成为现实的世界至少会像现在的美国那样高度机械化，很可能机械化程度更高。无论哪种情形，都没有社会主义者会否认这一点。社会主义世界常常被描述成完全机械化、高度组织化的世界，依赖机器如同古代文明依赖奴隶。

到目前为止，还不错，或者说很糟糕。很多进行思考的人们，也许是绝大部分，并不热衷机器文明，但是几乎人人都知道，如今说扫除机器是愚蠢的。眼前的社会主义也与机械进步的观念紧密相关，社会主义不仅要靠机械进步来实现，机械进步更成了其发展目标，仿佛是一种宗教。这体现在大多数宣传苏俄迅猛的机械进步的报道中（第聂伯河大坝、牵引车等等）。卡雷尔·恰彼克[①]在 RUR[②] 恐怖的结尾也对此予

---

① 卡雷尔·恰彼克（Karel Čapek，1890—1938）：捷克小说家、剧作家。
② 即剧作《罗索姆万能机器人》（Rossum's Universal Robots），写于 1920 年，将"robot"一词引入英语。

以精彩说明：当机器人屠杀了最后一个人类后，宣称其意图是"建很多房子"（仅仅是为了建房子）。最乐意接受社会主义的人，同时也是对机械进步抱有热情的人。社会主义者往往无法理解到有反对观点存在。他们所能想到的最具说服力的论据，是现今世界的机械化在社会主义建立后就不值一提。现在有一架飞机的地方，将来会有五十架！所有用手完成的工作将来全部由机器完成：用皮革、木头或石头制作的东西将来会用橡胶、玻璃或钢来制作。不会再有混乱、各种差错以及没开发的荒野；没有野生动物、没有种子、没有疾病、没有贫穷、没有痛苦等等，等等。社会主义世界将是个秩序井然的世界，一个效率的世界。但正是这样的未来，如某种威尔斯笔下闪闪发光的世界，为敏感的思维所排斥。请注意，这一大腹便便的"进步"观不是社会主义观念的内在组成，但它已被这样认为，从而调动起潜在各类人心中的保守态度，令他们排斥社会主义。

每一个留心周围的人都有对机器乃至科学起疑的时刻。但是在不同年代，反对机器和科学的动机也十分不同（现代文学绅士因为科学盗取了文学的雷火而厌恶科学的嫉妒心理不在此讨论范围）。据我所知，最早的详尽抨击是《格列佛游记》的第三部分。但斯威夫特的抨击，尽管当小说来看很精彩，实则是不相关的，甚至可以说是愚蠢。因为它——也许这看起来很古怪，说《格列佛游记》的作者——是一个缺乏想象力的人所写。对斯威夫特而言，科学只是种无谓的揭穿黑幕的玩意，机器只是荒唐的奇异摆设。他的标准是有实际用处，他缺乏那种眼光，能看出此刻没有明显用处的实验，也许会在将来发挥作用。在这本书的别处，他把科学所能取得的最大成就写成"让长一片草的地方能长出两片来"，显然，没有看到那正是机器能做到的。后来，受人鄙视的机器投入工作，自然科学拓宽了效用范围，就有了宗教和科学之间的著名论争，我们的祖父辈投身其中。论争结束，双方撤退，均宣称胜利，但是一种反科学的固见仍在多数宗教信仰者的脑中萦绕。整个十九世纪，抗议科学和机器的声音不断（比如狄更斯的《艰难时世》），却常常出于很浅表的理由，即工业化在初始阶段冷酷而丑陋。塞缪尔·巴特勒的《埃瑞璜》（*Erewhon*）则是另一回事。但他生活在还不那么危急的时代，一个优异的人仍可以游离于时代之外，因而整个抨击对他来说就像某种精神体操。他清楚地看到我们对机器的过度依赖，却没有追根究底,而是宁愿夸张它,好像一切不过是个玩笑。只有到了我们这个时代,当机器已经大获全胜,我们才真正感受到,机器的发展趋势是使健全的生活变得不可能。或许每一个能够思考能够感受的人,看着钢管椅时都会觉得,机器是生命的敌人。这往往是直觉,而不是推理而来。人们知晓"进步"是个骗局,尽管可能说不清个中缘由,我这里的工作就是把常常省略的逻辑步骤补全。首先要问一句,机器的功用是什么?显然,它的主要功用是节省劳动,那种对机器文明完全接受的人觉得没有必要继续追问。这里有个例子,他声称,准确地说是呼喊:我们在现代机器世界里非常自在。我从约翰·比沃斯先生(John Beevers)所写的《没有信仰的世界》(*World without Faith*)里摘引一段,他说:

说如今平均每周挣2镑10先令至4镑的工薪族比农场工人差纯属胡扯——无论是现在、还是十八世纪、还是哪个时代的农场工人。这统统错了!呼吁到田间和农场去,说那比在大机车厂或汽车厂工作好也蠢透了。工作真麻烦,我们不得不工作。一切工作是为了消遣,以及如何更愉悦地消遣。

还有:

人类将有足够的时间和能力去寻找地球上的天堂,不必再惦念天上的那个。地球就是极乐世界,神父和牧师没故事可讲了——有一半这类东西只一拳即可利落击垮。等等,等等,等等。

这类陈述有一整章(第四章),如此含糊而鲁莽地表达了对机器的崇拜。这是现代世界相当多一群人的心声,每一个住在市郊、吃阿司匹林的人都会热烈响应。注意那尖锐的呼喊("这统统错——了!"之类),这样的话他祖父恐怕说不出口,以及令人反感的暗示,倘若回到相对简单的生活,他就遭殃了,不得不做点什么来锻炼肌肉。工作,是为了"消遣"。消遣又是为了什么?或许是用来变得更像比沃斯先生。从那句"地球上的天堂",你能相当准确地猜到他期望的文明是什么样:类似代代相传的莱恩咖啡屋[①],变得越来越大,喧哗越来越响。在任何在机器世界感到自在

---

① 莱恩咖啡屋(Lyons Corner House):1908年在伦敦开设第一家,在一幢多层建筑里,层层都有风格各异的茶室和餐厅。

的人——如 H. G. 威尔斯——写的任意一本书里，你都能找到类似段落。我们时常听到像"机器，我们的新奴隶，会解放人类"这样调子昂扬的东西。对这些人来说，显然，机器的唯一危险是可能用于毁灭目的，如战争中使用飞机。除去战争和不可预见的灾难，机械化步伐只会越来越快；节省劳动的机器，节省思考的机器，免除痛苦的机器，清洁、效率、有组织，更卫生、更有效率、更有组织，更多机器——最终到达威尔斯式乌托邦，在赫胥黎《美丽新世界》中被漫画成肥胖短小的人的天堂。当然，在憧憬未来的白日梦里，他们既不胖也不矮，而是像神一样的人。为什么会有这么强烈的反差？一切机械进步都是朝向更高、更高的效率，因而最终朝向一个不出错的世界。但是在一个不出错的世界，很多被威尔斯先生称为"神样的"品质会变得如动物会动耳朵一般没多人价值。《神样的人》(*Men Like Gods*)、《梦》(*The Dream*) 中的主人公被表现得身强体健、勇敢、大方，而在一个实在危险被消除的世界——显然机械进步旨在消除危险——勇气还会存在吗？它能存在吗？为什么身体力量该在不再需要实际劳动的世界存在？至于像忠诚、慷慨这样的品质，在不出错的世界里，它们不仅是无关紧要的,更可能是无法想象的。事实是,我们所崇敬的许多品质,只有在对意外灾难、痛苦或困境的抵抗中才能起作用,而机械进步的趋势是消除意外灾难、痛苦和困境。《神样的人》《梦》中设想力量、勇气、慷慨等品质会继续存在,因为它们是好品质,是一个人称为人的必要构成。乌托邦的居民很可能会故意制造危险来锻炼勇气,练哑铃来增强肌肉,而这肌肉绝没有机会使用。在这里你可以看到进步观念中的矛盾之处。机械进步的趋势是使你周围环境变得安全、舒适,而你又努力保持自己勇敢、坚强。在同一时刻,你猛冲向前又狠狠退后。就好比一个伦敦股票经纪人穿一套铠甲去上班,还坚持用中世纪拉丁语说话。归根结蒂,进步的拥护者也意味着拥护这矛盾状态。

同时,我设想机械进步的趋势是使生命变得安全而舒适。这也许会引起争论,因为近来一些机器发明似乎正相反。拿从马车到汽车的转变做例子。乍看上去有人可能会说,交通事故频频发生,汽车并不会使人更安全。而且想当一流赛车手的话,所需韧劲并不比当竞技牛仔或参加越野障碍赛马少。但是所有机器的发展趋势是变得更安全、更容易操作。交通事故可以避免,如果我们严肃地处理道路规划问题,我们迟早要这样做；同时，汽车已经发展到只要不是盲人或瘫痪病人，任何人在上过几堂课后就会开的地步。如今开辆汽车所需的勇气和技能远比骑匹马上路少，在二十年内，汽车也许会发展得根本不需要人去操作。因此就整个社会而言，从马到车的转变是增加人类的舒适。有人提到另一项发明，比如飞机，乍看上去不像使人更安全。第一个登上飞机的人一定无比勇敢，如今想成为一个飞行员也仍需要极其出众的意志力，但前面提到的趋势仍起作用。飞机，像汽车一样，会造得人人可操作。一百万个工程师正在朝这努力，几乎没意识到这就是自己努力的目标。最后——尽管无法完全达到——你会有架傻瓜飞机，所需的驾驶技能或勇气并不比坐散步车的婴儿多。所有机械进步都朝着这个方向。一台机器的改进意味着更有效率，即更易操作，因此机械进步的目标是傻瓜的世界——这不一定意味着一个傻瓜居住的世界。威尔斯先生也许会反驳，世界永远不可能变成那样，因为无论机械化水平有多高，总有更大的困难在前面。比如（这是威尔斯先生青睐的例子，在不知多少演讲结尾用过），当你把这个星球管理完了，你还有到达并拓殖另一个星球的艰巨任务。但这仅仅是把目标推向未来，目标本身还是同一个。掌管另一个星球,机械进步的游戏又重新开始,你把傻瓜也会用的世界替换成傻瓜也会用的太阳系——傻瓜也会用的宇宙。倘若你认同机械进步,也就等于认同进步所带来的舒适,但舒适使人软弱,因而整个过程看起来像一场疯狂挣扎,对着一个你希望到来而又祈祷永远不要到来的目标。偶尔会碰到这样的人,他理解到"进步"包含着"退化",但他不敢不支持进步;萧伯纳笔下的乌托邦中有为福斯塔夫[①]立碑的一幕,来纪念这个为胆怯者发言的第一人。

困境不止于此。之前我仅仅指出机械进步与保存因机械进步而废除的品质这两个目标的相悖之处。此外我们也不得不考虑一下,是否还有哪种人类活动,不会在机器主宰下被弄得不成样子。

机器的功用是节省劳动。在一个全面机械化的世界,所有枯燥的苦工都将由机器完成,我们可以去做更有意思的事。这听起来很妙。倘若面前有六个男人挥汗如雨地挖沟铺地下水管,你会看不下去,既然有了容易操作的机器,几分钟就能完工,为什么不让机器挖土,让这些男人去做些别的?说到这里,他们能

---

① 莎士比亚戏剧《亨利四世》《温莎的风流娘儿们》中的喜剧人物。

做什么？姑且说他们从"工作"中解放，要做些不是"工作"的事。但什么是工作，什么不是工作？挖掘、做木工活、植树、伐木、骑马、钓鱼、打猎、喂鸡、弹钢琴、摄影、建造房屋、烹饪、缝纫、装饰帽子、修理摩托车，这些是不是工作？所有这些对一些人来说是工作，对另一些人来说是消遣。事实上，几乎没有什么活动不能兼具工作和消遣的分类，全凭你如何看待它们。从挖土工作解放的工人也许想花业余时间，或部分业余时间来弹钢琴，而职业钢琴家十分渴望走到屋外去挖挖菜地。因此工作和不工作的对立，即工作是难以忍受的单调乏味，不工作是让人期待的，并不成立。一个人在吃、喝、睡觉、做爱、说话、游戏或闲坐着之外——这些事不够用来填满一生——还需要工作，并常常找活儿干，尽管他也许不称其为工作。除了最最愚蠢的人，活即意味着努力。因为人并不是像庸俗的享乐主义者想的那样，是个会走路的胃，他也有手、眼和脑。不使用双手，你就砍掉了意识的一大块。回头想想那六个挖沟铺水管的男人。一台机器把他们解放了，他们要做些有意思的事——比如木工活。但是不管想做什么，他们都会发现总有另一台机器把他们从那里解放。因为在一个全面机械化的世界，不需要挖沟，也不需要做木工活、烹饪、修摩托车等等。几乎没有什么事，从捕一头鲸到雕刻一枚樱桃核，不能由机器来完成。机器甚至会侵入归类为"艺术"的活动——既然有了照相机和收音机。把世界尽可能地机械化，无论转向哪一边，都会有机器阻挡你工作的机会，也就是生活（活）的机会。

乍一看去这似乎没什么要紧。你为什么不继续做"创造性的工作"，把会替你做工的机器抛在一边？恐怕没有听起来这么简单。假如说我每天在保险公司工作八小时，闲暇时我想做点"创造性的"。我想做点木工活，比如亲手做张桌子。请注意，从一开始就有人为干预，因为工厂能给我一张比我自己做的好得多的桌子。即使我要自己做，也无法像一百年前的木匠那样感觉自己做的桌子，更不会像鲁滨逊·克鲁索那样感觉自己做的桌子。因为在我开始动手之前，大部分工作已由机器替我完成。我使用的工具只需一点点技巧。有能切出各种装饰线条的车床，一百年前的木匠则不得不用凿子等工具来完成，而这要求极高的眼手配合技巧。我买的板材已经刨好了，桌腿也已由车床做好。我还可以去木材商店把各个部分买回来，只需动手组装，我要做的缩减为敲几个钉子，再用砂纸打磨打磨。现在就是如此,在机械化的将来会更加如此。有了那样的工具和材料,出错是不可能的,因而增进技艺也不可能。造一张桌子会比削个土豆还容易、乏味。在这种情况下,说"创造性的工作"是胡扯。无论如何,手的技艺(需要以学徒方式来传承的)将会消失。在机器的竞争下,其中一些已经消失。去乡村教堂墓地看一看,看你能否找到一座1820年以后雕刻的质量上乘的墓碑。艺术,准确地说是石刻手艺消失得如此彻底,几百年时间花下去才能使它重新复苏。

有人会说,为什么不保留机器的同时也保留"创造性的工作"?为什么不把过时了的东西培养成业余爱好?很多人和这个想法兜圈子,它看似极轻巧地解决了机器引出的问题。乌托邦的居民,我们听说,每天在西红柿罐头加工厂转两小时扳手后,回到家会故意转回一种很原始的生活,做些雕刻、给陶器上釉、手工织布,来排遣创造本能。为什么这幅情景看起来这么荒唐?因为有一条原则存在,我们不经常提起却常常依它行动,即:只要机器在那里,人就想使用它。没有人从井里打水,如果有水龙头。旅行也是个好例子。在落后国家用原始交通工具旅行过的人知道那种旅行与乘现代交通工具,如火车或汽车旅行之间的区别，即是活着和死的区别。牧人行走或骑马，行李架在骆驼或牛车上，也许要忍受各种不适，但至少在旅行时他是活生生的；而对在特快列车或奢华客轮中的旅客而言，他的旅程是一段过渡，某种暂时死亡。但是只要铁路存在，人就得搭火车出门，或者搭汽车和飞机。假如我离伦敦四十英里远，我想去伦敦，为什么不把行李放在骡子上，步行两天去伦敦？因为绿线巴士每隔十分钟就从我身边呼啸而过，步行因此变得令人难以忍受。想享受使用原始交通工具的旅行，除非其他交通工具都不存在。没有人会故意用较过时的方法做事。乌托邦居民用做浮雕细工来拯救灵魂的图景就显得很荒唐。在一个所有事情能够由机器完成的世界，所有事情都会由机器完成。故意扭回原始，使用过时工具，在道路上设置些愚蠢的小困难，都是一种附庸风雅，就好比严肃地坐下来，用石头餐具吃晚餐。在一个机器时代转回去做手工，就如同回到老式茶舍，或回到拿平头钉把假梁钉在墙上的都铎时代的别墅。

因此机械进步的趋势，将阻退人们对努力和创造的需要。眼手配合变得无关紧要，甚至完全多余。"进步"的鼓吹者有时会说这没关系，你可以向他追问，这可以发展到何种程度。比如为什么要使用手——为什么要用手来擤鼻涕或削铅笔？你当然可以在肩膀上装个钢铁橡胶装置，让你的手臂退化进躯干。每一种器官均是如此。一个人干吗要做吃、喝、睡、呼吸和繁殖之外的事，其他所有事情都可以由机器替他做。因此，机械进步的逻辑终点是把人缩减成瓶子里的脑子之类的东西。这个目标我们已经朝它去了，尽管当然不是有意为之，就像一个每天喝一瓶威士忌的人并不愿意得肝硬化一样。"进步"的潜在目标也许并不是瓶子里的脑子，而是无止境的舒适和软弱。如今，不幸的是，"进步"和"社会主义"这两个词几乎无法分离。厌恶机器的人也理所当然地厌恶社会主义，社会主义者总是支持机械化、理性化、现代化——起码认为自己应该支持这些。最近，一位著名的独立工党人士向我承认——带着伤感的羞愧，好像这有些不对——他"喜欢马"。马，属于过时了的农业，所有对过去的怀念都有些不正统的气味。我不认为有必要这样，但无疑事实就是如此。这足够解释善良的人为何远离社会主义。

上一代知识人均可谓支持"进步"，如今则正相反。可以比较 H. G. 威尔斯的《当眠者苏醒》(*When*

the Sleeper Wakes）和阿道司·赫胥黎的《美丽新世界》（Brave New World），后者比前者晚出三十年。它们都是悲观论者眼中的乌托邦，描述了某种自大者的天堂，所有"进步"梦想都能实现。仅仅考虑想象的建构，我想前者更好，但它存在重大的自相矛盾之处，因为威尔斯是"进步"最极端的鼓吹者，无法写出任何反对"进步"的话。他描绘了一个闪闪发光的邪恶世界，特权阶级过着肤浅无味的享乐生活，工人沦为不折不扣的奴隶，丧失思维能力，像穴居人般在深深的地下做苦工。稍微检视一下这个观念——它后来发展成《空间与时间故事集》（Stories of Space and Time）中的一个好短篇——就能看到不连贯之处。在一个威尔斯想象的完全机械化的世界里，工人却更辛苦了。显然，使用机器是为了消除工作，而不是增加。在机器世界里工人也许被奴役，受虐待，甚至吃不饱，却决不会无休无止地做苦工。如果真的如此，那机器是干什么的？你可以让机器做所有的工作，或让人来做所有的工作，却不能同时让人和机器做所有的工作。这一队队地下工人，身着蓝制服，说着已退化的语言，放在这里只是为了"让你浑身发麻"。威尔斯想要暗示"进步"也许会转错方向，但他所能想象的唯一害处是不平等——一个阶级肆意掠夺所有的财富和权力。他似乎在暗示，只要稍经纠正，推翻特权阶级——从资本主义世界转为社会主义世界——一切就都好了，机器文明会继续，但成果会平均分配。他不敢面对的想法是机器本身也许就是敌人。因此在更典型的乌托邦里（如《神样的人》《梦》等等），他转回了乐观主义和某种人类主义，被机器"解放"、受了启蒙的人，晒着太阳浴，谈论的唯一话题是他们较其祖先的优越之处。《美丽新世界》属于较晚的时代，属于已看穿"进步"谎言的一代。它也有矛盾之处（最主要的矛盾在约翰·斯特拉奇先生所著《权力之争将至》(*The Coming Struggle for Power*)中已指出），但它至少是对"肚子再大些"型进步观的精彩回击。在漫画式夸张下，它或许表达了相当一部分思考的人们对机器文明的感触。

敏感的人对机器的敌意从一方面来说可谓不切实际，因为机器已经站稳脚跟。但是这却是一种可取的态度。我们不得不接受机器，也许像接受一种药那样接受更好——即怀疑、谨慎地接受。像药一样，机器也有用、危险、容易上瘾，越使用它对人的控制就越紧。你只要抬头看看周围就知道机器攥牢我们的速度有多快。

首先,在机械化的持续作用下,味觉的败坏出现了,人人都感觉得到。我所谓的"taste"指最窄的意义——能尝出好食物的味觉。在高度机械化的国家,拜罐头食品、冷冻食品、合成味道的化学物质等等所赐,味蕾几乎成了死器官。就像你在任何一家蔬菜店看到的,大多数英国人说到苹果,是指一坨色彩鲜艳、脱脂棉口感的东西,来自美国或澳大利亚。他们喜爱吃这东西,任英国苹果在树下腐烂。闪闪发亮、个个长得一样、仿佛机器造出来的美国苹果才吸引他们,英国苹果无比的口感他们就没注意到。再看看工厂生产的锡箔纸包装的奶酪,和随处可见的"混合"黄油;看看食品店,甚至乳品店里越垒越高的一排排罐头;看看6便士一个的瑞士卷,2便士一个的冰淇淋;看看人们把恶劣化合物灌进喉咙,据说那就是啤酒。不管往哪里看,你都能看到机器制造的徒有其表的食品盖过了老式食品,后者还有些味道,而不是吃起来像沙子。与食品生产类似的趋势也出现在家具、房屋、衣服、书籍、消遣等所有构成环境的东西中间。如今有几百万人,而且每年都在增加,觉得收音机的声音——而非牛叫或鸟鸣——不只是可以接受,也是他们思考时更习惯的背景音。如果味觉没被败坏的话,机械化就不会走得太远，因为机器生产的大部分产品都会没人要。一个健康的世界不需要罐头食品、阿司匹林、唱机、钢管椅、机关枪、日报、电话、汽车等等，等等；另一方面，则会有对机器无法生产的东西的需求。但是机器就在这里，其侵蚀势头汹汹。人不得不在使用机器的同时奋力抵抗。即使是赤身露体的野蛮人，只要有机会，不出几个月就能学会文明的种种恶习。机械化导致味觉的退化，味觉的退化催生对机器造物的需求，因而需要更多机械化，一个危险的循环建立了。

　　除此之外，机械化趋势似乎是自动的，不管我们愿不愿意。这要归因于在现代西方，人类机械发明的能力被一味地激发，创造，再创造，几乎成了种本能。人们发明新的机器，改进现有机器，几乎是无意识地，就像个在睡眠中仍继续工作的梦游者。过去，生活在这个星球上是艰苦的，活着就得劳作，一直使用祖先传下来的笨重农具也再自然不过，只有几个古怪的人，生活年代彼此远隔几个世纪，提出要革新。牛车、犁、镰刀等等这些工具在漫长的岁月里一直是那样，没有根本变化。螺丝古时就有，但是直到十九世纪中期，才有人想到把螺丝弄成尖头；在过去几千年里，它们一直是平底的，要想安螺丝必须先钻个洞。在我们这个时代，这样的事就会变得匪夷所思。因为几乎每个现代西方人都多多少少发挥着自己的创造力，西方人发明机器就像波利尼西亚岛民会游泳那样自然。给西方人一样差事，他会马上开始研究能替他做工的机器；给他一台机器，他会琢磨改进它的种种方法。我很理解这种趋势，因为我自己就有这种想法，虽然不太可能实现。我没有耐心，也没有足够的技能来制造可以工作的机器，但我脑中总徘徊着机器的幽灵，可以帮我省省脑力或体力。比我更有机械头脑的人很可能将其制造出来，投入使用。但是在现有经济制度下，能否造出它们——换言之，能否有人从中受益——取决于它们是否具有商业价值。因此社会主义者是对的，当他们声称一旦社会主义建立，机械进步的速度会快得多时。对机器文明来说，发明和改进的过程会一直持续，而资本主义的趋势是放缓这一进程，因为在资本主义制度下，任何不能保证快速赚钱的发明都不会得到重视，而威胁到利润的发明则会遭到无情压制，如佩特罗尼乌斯[1]提到的可弯曲玻璃[2]那样。建立社会

---

[1] 佩特罗尼乌斯（Petronius，?—公元66）：古罗马作家。
[2] 例子：几年前有人发明了一种几十年都不会坏的唱针，一家大型唱机公司买下了这项专利，它从此销声匿迹。——原注

主义——摒除利润原则——发明者会有些自由。世界机械化的脚步，尽管已经够快了，更会——起码有这可能——大大提速。

这一前景有些不祥，因为显然，即使是现在也能看到机械化已失去控制。这仅仅因为人类已养成了习惯。化学家完善合成橡胶的新制法或新式样的活塞销，为什么？并没有什么特别目的，只是简单的发明和改造的冲动，这已成了本能。让一个反战者在炸弹工厂工作，不出两个月他就能发明一种新炸弹。如此邪恶的东西，如毒气的出现也是如此，发明者也不会觉得这些对人类有好处。我们对待毒气之类东西的态度应该像大人国国王对待火药的态度，但是因为我们生活在机器和科学的时代，我们不可避免地受到一个想法影响，即不管发生什么，"进步"必须进行下去，知识决不能受到压制。从字面上看，毫无疑问，我们会赞同机器是为人而造，而不是人为机器而造；而在实际生活中，任何试图反思机器更新换代的举动，对我们而言，都像是对知识的攻击，因而像亵渎神明的大不敬。即使全人类突然间反抗机器，决定逃回一种相对简单的生活，这逃避仍会无比艰难。像在巴特勒的《埃瑞璜》里那样砸毁某一时间之后发明的每一台机器并不够，我们还应砸掉这样一种思维习惯，即几乎是无意识地，旧的一毁就想造新的机器。我们每个人都多多少少有这种习惯。每个国家都有大批科学家和技术人员，我们这些人跟随其后，在"进步"的路上行进，像一队盲目坚持的昆虫。没有多少人希望这样，更多人希望这种情况不要发生，但它正在发生。机械化的过程，本身已成了一台机器，一辆闪闪发光的车，载着我们不知驶向何方，很可能是朝向四周满是保护衬垫的威尔斯式世界和装在瓶子里的脑子。

这就是反对机器的原委。观点合理与否无关紧要。重点是这些观点或非常类似的争论，会在每一个对机器文明抱有敌意的人那里产生共鸣。不幸的是，几乎每一个人都这么联想："社会主义——进步——机器——俄国——牵引车——卫生——机器——进步"，对机器有敌意的人也是对社会主义抱有敌意的人。这种人讨厌中央供暖和钢管椅，也是当你提到社会主义时，会嘟囔着"蜂窝型国家"，带着痛苦的表情离开的那种人。据我的观察，极少有社会主义者理解为什么会这样，他们甚至没注意到有这样的现象。把一个嚷得很响的社会主义者逼到墙角，向他重复我在这一章里讲过的，看看你会得到什么样的答案。你会得到好几种答案，我都熟悉得能背诵。

首先他会说不可能"倒退"（或谓"缩回进步之手"——好像人类历史上并未发生过严重倒退一样！），然后会指责你是个中世纪主义者，接着说起中世纪的可怕，如麻风病、宗教裁判所等等。事实上，大多数对中世纪以及过去的抨击来自为现代进行辩护的人，这些抨击不值一提，他们最主要的伎俩是把一个现代人，既神经脆弱又对舒适有着高标准的现代人，放到从没听说过有这些东西的时代。但是请注意，无论怎样，这并不是一个回答。因为反感机器未来并不暗示，哪怕是一点点，对过去任何时期的崇拜。D. H. 劳伦斯比动不动就提中世纪的人聪明，选择把我们所知甚少的埃特鲁斯坎人理想化。没必要这样做——把埃特鲁斯坎人理想化，或把佩拉斯吉人、阿兹特克人、苏美尔人，或任何已灭绝的、任后人想象其生活的族群理想化。一个人描述一个令人期待的文明，他仅仅是把它当做一个物体去描述，都不必提一下它曾在时空中存在过。把这一观点坚持到底，意味着你只是想把生活变得更简单、更艰苦，但社会主义者会认为你想回到一个"自然状态"——散发腐臭气味的旧石器时代的洞穴：就好像在一个打火石和设菲尔德炼钢厂之间什么都没有，在一只小木舟和玛丽王后号邮轮之间什么都不存在！

最后，你会得到一个更切题的回答，大概像这样："对，你说得有一番道理，没错，把我们自己练结实些是很好，抛开阿司匹林和中央供暖等等。问题是，你看，没人真的想那样。那就意味着回到农耕生活，意味着埋头做苦工，和玩玩园艺差别可大了。我不想做苦工，你不想做苦工——没有人想，如果他知道那意味着什么。你这样说只是因为你从未做过一天苦力活。"等等。

这种说法从一面看是对的。它等于说："我们软弱——老天让我们保持软弱！"这至少是实话。像我已指出的，机器把我们握在掌心，想逃脱是困难重重。而上述回答含含糊糊，因为它没弄清楚当我们说我们"想要"这或那时，我们想表达什么意思。我是半个颓废的现代知识分子——要是清早没喝杯茶、每周五没拿到《新政治家》看的话就活不下去。当然，从一方面说，我不"想"回到一种更简单、更艰苦、很可能务农的生活。同样的，我不"想"少喝酒、付账单、做足够运动、对妻子忠贞等等，等等。但在另一种更长远的意义上，我的确想这样做，或许我也想要一种文明,在那里,"进步"并不等同于为矮胖男人准备的软垫世界。以上归纳事实上是我能从社会主义者——惯于思考、书本培养的社会主义者——那里得到的唯一理由,当我试着和他们解释他们是怎么把潜在的支持者赶跑时。当然,还有那个老套的说法,社会主义无论如何都会到来,不管人们喜不喜欢,因为有那个省事的"历史必然性"。但"历史必然性",更准确地说,是对它的信仰,没能抵挡希特勒的进攻。

同时,进行思考的人在理智上常常左倾,而在性格上常常右倾,这让他在社会主义者阵营门前徘徊不前。无疑,他清楚自己应该是个社会主义者。然而他先看到一个个社会主义者之乏味,又看到社会主义观念之软弱无力,就溜了。直到最近,事不关己的态度在普通人中间兴起委实在情理之中。而十年前,甚至五年前,典型的文学绅士写关于巴洛克建筑的书时,还可以超然于政治之外。那种态度正变得难以持有,甚至可算过时。时世变得越来越艰难,事态越来越明朗,认为什么都不会改变(即你的利息会取之不尽)的想法不那么有市场了。文学绅士稳稳骑坐的栅栏曾像教堂牧师的丝绒座椅那般舒服,如今却开始狠狠扎他的屁股,他不得不倒向一边或另一边。多少杰出作家,十几年前一心崇尚为艺术而艺术,自身价值全系于此,甚至觉得在大选中投票都是不好开口的事(显得粗鲁),如今却有了明确的政治立场,这变化观察起来显得意味深长;而多数年轻些的作家,至少他们当中不只是蠢人的那些,从一开始就是"政治"的。我相信危机来袭时会引来一重可怕的危险——驱使知识人投向法西斯主义。那有多快到来很难预测,取决于欧洲事态的发展,但在两年甚至一年之内我们就会迎来关键时刻。这也将是任何会动脑想一想的人都会从骨子里知道他该站在社会主义者一边的时刻。但他不一定会自己到达那里,太多年代久远的偏见挡在路上。他不得不被说服,从理解其所持观点开始。社会主义者不能再浪费时间来感化已投向法西斯的人,而应尽可能迅速地说服普通人;现实却往往相反,他们制造法西斯主义者很迅速。

在提及英国的法西斯主义时,我并非仅指莫斯利[①]及其长粉刺的追随者。英国法西斯主义真正降临时,会采用更悄然、隐晦的形式(不管怎样,在一开

---

① 奥斯瓦德·莫斯利(Oswald Mosley, 1896—1980):英国政治家,1932年组建亲法西斯的黑衫党。

始,它不太可能会被称为法西斯主义)。仿佛是从吉尔伯特和苏利文①的轻歌剧里驶出来的莫斯利重骑兵对大多数英国人来说可能仅仅是个笑话,尽管如此,莫斯利也值得留心,因为经验显示(从希特勒、拿破仑三世的事迹可以看出来),对一个政治攀爬者而言,在事业起步时不被很严肃地对待有时也是种优势。但此刻我关注的是,法西斯式的思维习惯正在该更了解形势的人们脑中生根。在知识人中间兴起的那种法西斯思维是一种镜像——不是社会主义的真实反映,而是嘲弄的歪曲。一心做与虚构出的社会主义截然相反的事。如果你这样处理社会主义——如果你使人们以为它不过是意味着在教条者的召唤下把欧洲文明冲进下水道——你就是在冒险,把知识人驱赶进法西斯主义。他会愤怒得防卫起来,断然拒绝再仔细听听。这种态度在一些作家那里已很明显,如庞德、温德姆·刘易斯、罗伊·坎贝尔等人,以及大多数具有罗马天主教背景的作家,服膺"社会信贷说"的人②,甚至某些畅销小说家也是如此。透过表面看去,绝对保守的文学

---

① 维多利亚时代轻歌剧作者。
② "社会信贷说"主张为了提高消费者购买力,应补贴生产者,使其降低售价,或将利润所得分发给消费者。

精英也持此种态度，如艾略特及其无数追随者。如果你想找些确凿无疑的法西斯在英国兴起的实例，就看看在阿比西尼亚战争期间报社收到的读者来信，信中赞赏意大利的举动，面对在西班牙崛起的法西斯势力，天主教和圣公会的传道士爆发出阵阵嚎笑（见1936年8月17日《每日邮报》载）。

为了阻击法西斯主义，必须理解它，这就包括承认它在包含诸多邪恶的同时也有些优点。在现实中，当然，它只是个声名狼藉的专制政权，它获得和掌控权力的种种手段就算是其最忠诚的辩护者也宁愿转移话题。但是，那最初吸引人们的感觉，也许并不那么可鄙。它并不总是像《星期六评论》所暗示的那样，恐惧布尔什维克鬼怪。只需一瞥即知，普通的法西斯主义者常常是个很好的人——比如，十分真诚地希望改善失业者的生活。法西斯主义吸取了保守主义的种种糟粕，也吸取了种种精华。对传统和纪律有共鸣的人会自然而然地被其吸引。或许这再容易不过，当你听够了社会主义者毫无策略可言的宣传，就会把法西斯主义者看做是保卫欧洲文明的最后防线。即使法西斯恶霸以最坏的象征姿态，即一手持胶皮警棍，一手持蓖麻油瓶出现，也不一定觉得自己是个恶霸，他很可能觉得自己是身处罗塞瓦山隘的罗兰[1]，为捍卫基督教世界与野蛮人做斗争。我们得承认，如果法西斯在各处取得节节胜利，很大程度上是社会主义者自己的失误。这可归结到共产主义者一直秉持蓄意破坏民主的策略，等于锯断了身下坐着的树枝，更因为社会主义者自己强调错了重点，他们从未足够明确社会主义的核心目标是公正和自由。他们双眼死死盯住经济事实，早就认定人没有灵魂可言，或显或隐地以物质乌托邦为目标，结果使得法西斯能够调动起人的种种本能，来对抗享乐主义和廉价的"进步"观念；能被当做欧洲传统的守护者，吸引基督教信仰者，与爱国主义和军人美德产生共鸣。将法西斯贬斥为"大众施虐"或类似的易当标签贴的词，不仅毫无意义，也后患无穷。如果你当它仅仅是个例外，不久便会自生自灭，你就是在幻想一个梦，只有别人拿胶皮警棍才能将你打醒。唯一可行的是检视法西斯主义，明白它并非一无是处，然后向全世界阐明，法西斯好的地方同样也包含在社会主义中。

眼下情势危急。即使不会变得更糟，我在前几章

---

[1] 罗兰是查理大帝武士中最著名的一位，公元778年，在罗塞瓦战役中战死。

所描述的状况就在眼前，它们在现有经济制度下也不会得到改善；更紧迫的是法西斯控制欧洲的危险。除非社会主义信念以有效的方式做广泛而迅速的传播，否则无法断言法西斯将会被推翻。因为社会主义是法西斯唯一不得不面对的真正敌人。资本主义—帝国主义政府们，即使在自己都摇摇欲坠的情形下，也不会与法西斯为敌。我们的统治者，其中那些明白时局的，恐怕会把英帝国的每平方英尺土地都拱手送给意大利、德国和日本，也不愿看到社会主义胜利。嘲笑法西斯很容易，当我们想象它是建立在狂热的民族主义之上时，因为似乎很明显的是，法西斯国家——个个都视自己为被选中的民族，高扬爱国热情来抵抗平庸①——会一个个垮台。但这样的事没发生。法西斯如今是国际运动，这意味着法西斯国家不仅可以为战利品联合，其目标——或许现在还未全然意识到——是一个世界体系。因为极权国家的视野正被极权世界的视野所代替。正如我早前所说，机械-技术进步必然导致某种形式的集体制，但那并不一定是平等的，也就是说，不一定是社会主义。请经济学家见谅，想

---

① 原文为 contra mundum。

象整个世界在经济上实行集体制——即摒除了利润原则——十分容易，容易忽略的是，一切政治、军事、教育的权力仍集中在一小撮统治者及其跟班的手里。这种或类似这种就是法西斯的目标。而那自然是奴隶国家，更准确地说是奴隶世界。这或许是一种稳定的社会形式，鉴于这个世界物藏无比富饶，若开发得当，奴隶们会吃得饱，也会满意自己的生活。有人常说法西斯目标是"蜂窝型国家"，这对蜜蜂非常不公。一个受短尾臭鼬统治的兔子泛滥的世界更贴切。想抵抗这荒唐的前景我们就得团结起来。

我们能够联合的唯一理由是社会主义的根本理想：公正和自由——难称其为"根本"，因为它几乎已被完全忘记，被一层又一层自以为是的宣传教条、一些琐碎争吵和半生不熟的"进步主义"埋在底下，就像一座垃圾山下埋着的钻石。社会主义者的工作是重新挖掘它。公正和自由！这两个词本该像号角一样响彻全世界。已有很长一段时间，至少十年，邪恶势力掌控了所有好话；现在，一提到"社会主义"，一面让人想起飞机、牵引车、闪闪发光的玻璃和混凝土建造的大型工厂，另一面则让人想起留大胡子的素食者，布尔什维克政治委员（半是暴徒半是夸夸其谈者），郑重其事地穿便鞋的女士们，头发蓬乱、满口抽象名词的马克思主义者，逃亡的公谊会教徒，生育控制极端分子和工党钻营者。社会主义，至少在这个岛上，不再有革命和推翻专制的气味，而是怪癖、机器崇拜和对俄国的盲目尊崇。除非你能去除这种气味，非常迅速地，否则法西斯就会赢。

第十三章

最后，我们可以做些什么？

在本书第一部分，通过简略而间接的勾勒，我描述了我们身处的困境；在第二部分，我试图分析，为何如此众多善良的普通人排斥唯一的解决之道——社会主义。显然，眼下最紧迫的任务就是争取到这些人，在法西斯打出王牌以前。在这里我不想讨论党派问题、政治权宜之计之类。比起任何政党标签（尽管毫无疑问，仅仅是法西斯的威胁就会催生某种人民阵线），更重要的是把社会主义信念以有效的形式传播出去。人们要被动员起来，作为社会主义者行动。我相信，有无数人还没意识到自己认同社会主义核心目标，只要把话说到他们心里去，无需多费力就能争取到他们。每一个知道贫穷的含义的人，每一个对专制和战争怀有真切憎恨的人，都会潜在地站在社会主义一边。因此我的工作是就社会主义与较为聪明的敌对者之间如何达成一致提供建议——当然，只能是一些笼统的建议。

首先，敌对者是指所有那些理解到资本主义很糟，一听到社会主义却不由得紧张不安的人。正如我所说，催生敌对者的原因有两点：第一，许多社会主义者个人品格低下；第二，社会主义总和大腹便便、为"进步"而"进步"的观念联系在一起，这触怒了那些亲近传统或具有基本审美意识的人。让我来先说第二点。

对"进步"和机器文明的厌恶，在敏感的人中间很常见，但它只是一种态度，并不是拒绝社会主义的坚实理由，因为它假设了一种并不存在的替代办法。当你说"我排斥机械化和标准化，因此我排斥社会主义"，等于在说"如果我愿意，我随时可以抛开机器生活"，这是胡扯。我们全都倚赖机器过活，如果机器停止工作，我们大多数人都活不下去。你可能厌恶机器文明，也许你的厌恶没错，但是眼下不存在接受还是排斥它的问题。机器文明就在这里，我们只能从内部来批评它，因为我们所有人都在机器内部。只有浪漫的傻瓜以为自己逃离了机器，就像文学绅士住在都铎风格的别墅里，浴室却配着冷热水，就像壮汉逃到丛林里过"原始"生活，身边却带着曼利夏步枪和四卡车罐头。几乎可以肯定，机器文明会继续凯歌高唱。

没有理由去设想它会毁灭自己或自动停止工作。以前很流行一种说法，说现在的战争正一举"摧毁文明"，然而，尽管下一场大战的骇人程度一定会让之前全部战争都显得像个玩笑，它也不像是要阻碍机械进步。像英格兰这样易受攻击的国家，或许整个西欧也算在内，几千枚准确投掷的炸弹就能把它炸成一片废墟，但是此刻我想象不出一场战争能够同时摧毁所有国家的工业。我们也许想回归更简单自由、不那么机械化的生活，然而不管这愿望多吸引人，都不会成真。这并不是宿命论，仅仅是接受事实。因为排斥蜂窝型国家而反对社会主义没有意义，因为蜂窝型国家就在这里。因此就目前而言，我们并非是在人类与非人类世界之间做选择，而是在社会主义与法西斯主义之间做选择，后者顶多是去除所有优点的社会主义。

因此，惯于思考的人不该把注意力集中在排斥社会主义上，而是要打定主意把它变得易于接受。在社会主义日益确立之际，这些能够洞悉"进步"谎话的人或许可以作为反对者存在。事实上这正是他们的职责。在机器世界，他们得抵抗到底——这和做阻挠立法者或叛国贼并不是一回事。不管怎样，这些是以后的事。此刻，对一个有良知的人来说唯一能做的，就是为建立社会主义而努力，无论其生性多么保守，或多么无政府主义。除此之外，没有别的办法能救我们于眼下的困境或未来的噩梦。现在抵制社会主义，在两千万英国人吃不饱饭，法西斯占领了半个欧洲的情势下，无异于自杀。这就好比在哥特人越过边界时发动内战。

最关键的是消除对社会主义神经质的偏见，这偏见毫无站得住脚的理由。正如我所说，许多人不排斥社会主义，而是排斥社会主义者。社会主义使人反感的主要原因是——至少从外部看，它像是怪人、教条者、客厅布尔什维克等人的玩物。不得不注意的是，之所以这样仅仅是因为这些怪人和教条者等等最先接触了社会主义，如果更有头脑的人和更有良知的人可以广泛参与进来，那些人的势头会大大减弱。此刻必须咬紧牙关，忽略那些怪人；在运动更普及、更为人所接受后，他们将不会再这么触目。此外，他们也无关紧要。我们要为公正和自由努力，把胡扯剥去之后，社会主义才意味着公正和自由。这是唯一应当铭记在心的根本。因为这么多社会主义者不好而排斥社会主义，就像因为讨厌检票员的长相而拒绝搭火车旅行一样荒唐。

第二，就要说到社会主义者自己——特别是嚷得很响、写宣传册类型的社会主义者。

我们处在这样一个时刻，迫切需要所有类别的左翼人士放弃不同，团结一致。这确实已在小范围内实现了。显然，不愿让步的社会主义者如今不得不和与自己意见不那么相合的人组起阵线。通常情况下，他有理由不这样做，因为他看到一种真切的危险：整个社会主义运动可能会沦为一套苍白的谎言，结果比议会里的工党还不起作用。比如危急情势催生的人民阵线很可能不是社会主义性质的，而只是对付德意（非英国）法西斯的一种策略。这极其凶险。联合起来抵抗法西斯的需要，可能会促使社会主义者与苦斗的敌人结盟。但是有个可以倚仗的原则：只要你保持住运动的核心，就决不会身陷险境，即使是与错误的人结盟。那么社会主义的核心是什么？什么是一个真正的社会主义者的标志？我觉得真正的社会主义者是不仅仅在脑中设想，而且真切地企盼专制政权被推翻的人。我想大多数正统马克思主义者不会接受这个定义，即使接受也很勉强。听这些人说话，读这些人的书，不禁给我一种印象，对他们来说，整个社会主义运动不过是种刺激的猎杀异端活动——狂热的巫医合着桶子鼓的节奏，来回蹦跳，"嘿嘿喝哈，我闻到了一个右翼分子的血味儿！"[①] 当你身处工人中间时，觉得自己是社会主义者会容易得多。工人社会主义者，像工人天主教教徒一样，对教条感觉差，几乎一开口就是异端，但他知道核心在哪里。他能够理解社会主义意味着推翻专制政权这一核心事实，《马赛曲》若为工人的耳朵着想翻译过来，会比任何唯物主义辩证法的学术论文更能吸引他们。此刻，坚持说接受社会主义就要接受马克思主义的哲学一面是浪费时间，还有吹捧俄国也是。社会主义运动没时间花在说服辩证法唯物主义者结成同盟上，它该是受压迫者反抗压迫者的同盟。你要争取应该争取到的人，赶走言不由衷的自由主义者，后者希望外国法西斯摧毁社会主义，好继续不受打扰地领取利息——就是这些虚伪的人声称"反对法西斯和共产主义"，即同时反对老鼠和鼠药。社会主义意味着推翻专制政权，对内也对外。只要你坚持这一点，在谁是你真正的支持者这一问题上就决不会有疑虑。至于小异见以及深层哲学差异，同拯救两千万骨

[①] 改写自童话《杰克与豆茎》中巨人唱的一首歌谣，原句为：Fee-fi-fo-fum, I smell the blood of an Englishman. 此处将"英国人"改为"右翼分子"。

头正因缺乏营养而腐坏的英国人相比并不重要，是以后再争论的事。

我不认为社会主义者该在核心目标上做牺牲，但他一定要在外围问题上舍弃不少。比如，仍附着在社会主义运动上的怪癖气味若能去除，会大有裨益。把便鞋和艳绿衬衣撂成一堆烧了，把每个素食主义者、滴酒不沾者和伪善者遣送到韦林花园城①，让他们在那里安静地练瑜伽！但那恐怕办不到。更可行的是，让更有头脑的社会主义者别再以风马牛不相及的愚蠢方法赶走潜在的支持者。很多细微之处的自负作派可以轻易改掉。以典型的马克思主义者对待文学的刻板态度为例。能想到的例子很多，我只列举一个。它听起来微不足道，但并非真的微不足道。老《工人一周》（《工人日报》前身之一）曾有个"编辑的手边书"之类的文学专栏。有一连几周话题是莎士比亚，一位读者被激怒了，写信说道："亲爱的同志，我们不想听莎士比亚之类的资产阶级作家。不能给我们一些更无产阶级的东西吗？"等等，等等。编辑的回答很简单："如果你翻到马克思《资本论》的索引页，就能找到莎

---

① 位于赫特福德郡。

士比亚，他被提到了好几次。"请注意，这足以使反对者不再出声。莎士比亚一旦得到马克思的祝祷，他就变得值得尊重。那就是促使敏感的普通人远离社会主义运动的态度，普通人不会留心莎士比亚是不是不该读。还有几乎所有社会主义者都认为有必要使用的可怕行话。普通人听到"资产阶级意识形态""无产阶级大团结""剥削者的剥削"，不会觉得受启发，而仅仅是感到厌恶。甚至"同志"这个词对抹黑社会主义运动也有贡献。有多少回，在附近徘徊、有心加入社会主义运动的人去参加一个公众集会，看到社会主义者刻意而忠诚地互称"同志"，他就溜了，不再抱幻想，溜进最近的酒吧！他的直觉很好，把你自己粘上一个荒唐的标签有什么意义？这标签即使隔了很久再提起也还是很难不让人感觉羞惭。你不能让一个普通人带着当一个社会主义者意味着穿便鞋、嘟囔辩证唯物主义的印象走开。你得说清楚社会主义运动有普通人参与的空间，否则时间所剩无几。

这也引出一个大难题："阶级"并非等同于经济地位，我们得更为现实地面对阶级问题。

我用了三章来讨论阶级症结。愈发明了的是，尽管阶级制已没用处，它却仍存活着。这使得认为社地位仅仅取决于收入的论调站不住脚，正统马克思主义者经常那样做（看看阿列克·布朗（Alec Brown）先生很有趣的书，《中产阶级的命运》(*The Fate of the Middle Classes*)）。经济上看，毫无疑问，只有两个阶级，富人和穷人，但就社会而言，有一整套阶级制，每一个阶级的人在幼时习得的习惯、传统不仅彼此差异很大，而且——这是根本所在——往往会延续终身。因而每一阶级都有不同寻常的个人：你会找到像威尔斯、班奈特这样逐渐变得极其富有、却仍保持整套下层中产阶级新教成见的作家；你会找到不发 h 音的百万富翁；你会发现收入比砖瓦匠低得多，却认为自己（别人也这样看他们）比砖瓦匠社会地位高的小杂货店店主；你会发现寄宿学校的男孩统治印度的邦府，公学出身的男人兜售真空吸尘器。如果社会分层与经济收入完全吻合，公学出身的男人在他年收入少于 200 镑的那天就该说一口伦敦东区口音。但他有吗？相反，其公学作派变本加厉。他抓着老公学领带就像抓着救生索。本来不发 h 音的百万富翁时不时会求教于演说家，学习 BBC 口音，却难以如愿学会。事实是，就文化而言，逃离你生就的阶级非常困难。

　　繁荣不再，这样反常的人越来越常见。不发 h 音的百万富翁不常有，却有越来越多公学出身的人兜售真空吸尘器，越来越多的小店主破产，进济贫院。相当多的中产阶级被逐渐无产化，却并没有接受现实，至少第一代是如此。比如说我，资产阶级出身，工人阶级收入。我属于哪个阶级？经济上我属于工人阶级，但是我的脑子可不这么想。假如我不得不选择立场，我会选哪一边？是选择试图榨干消灭我的上层阶级，还是生活习惯和我不一样的工人阶级？在关键问题上，我会和工人阶级意见一致，而其余几万、几十万身处类似情形的人又会如何选择？更广泛的阶层，涵盖几百万人——办公室文员、身着黑制度的各种雇员均包括在内，其传统不那么像中产阶级，但若称他们为无产阶级他们也决不会说谢谢的人呢？所有这些人，和工人阶级一样，有着相同的利益和相同的敌人。所有人都被同一个制度掠夺、胁迫着。但是有多少人意识到这一点？当危机来袭，几乎所有人都会和压迫他们的人站在一起，反对本该是其同盟的人。设想一个穷得不能再穷，却仍在感情上极其反感工人的中产阶级十分容易，显然，这会是现成的法西斯政党。

社会主义者需要争取中产阶级，趁还来得及。首先必须争取办公室文员，他们数量巨大，如果懂得如何团结，力量也会无比惊人。这至今也没能做到。你若想找革命观点，最不指望能找到的人就是一个文员或旅行推销员。为什么？我想很可能是因为那套"无产者"说辞同社会主义宣传混在了一起。为了把阶级战争象征化，一个多少显得像神话人物的"无产者"形象被树立起来：他身穿油腻外套，浑身肌肉却受尽欺压，与一个"资本家"——邪恶的胖子，头戴高礼帽，身穿皮衣——形成鲜明对比。这等于暗示在他们俩之间没有其他人，而真相是，在像英格兰这样的国家，四分之一的人口都处在他们俩之间。如果你想好好说一说"无产阶级专政"，先解释清楚谁是无产者很关键。但是因为社会主义者是如此惯于标举体力劳动者，上述问题从未得到足够澄清。那些战战兢兢的文员和商店巡视员[①]，就某些方面而言要比一个矿工或卸货工人更悲惨，可他们中又有多少人认为自己是无产者？一个无产者——他们一直认为——就是不穿领子的人。所以当你试图以谈"阶级战争"来打动他们时，你只能吓跑他们。他们忘了收入，想起口音，飞奔着去捍卫正在剥削他们的阶级。

---

① 旧时大商店里监督店员、协助顾客的人。

社会主义者面前有一项艰巨的任务。他们得毫不含糊地阐明,剥削者和受剥削者之间的界限在哪里。这又是个回溯核心的问题,核心是收入微薄且不稳定的所有人都在同一条船上,应为同一目标斗争。少提"资本家"和"无产者",多提强盗和遭劫的人更有效。无论如何我们必须抛弃那个易入歧途的习惯,声称无产阶级只是体力劳动者;必须向人们说明文员、技师、旅行推销员、落魄绅士、乡村杂货店店主、基层公务员以及其他所有类似的人都是无产阶级。社会主义为码头工人和工厂工人活动,也为这些人活动。他们不能被引导着认为这场战斗是发 h 音的上等人和不发 h 音的下等人之间的事;他们如果这样想,就会加入前者,站在前者那边。

不同出身的人要被说服着团结一致。这听起来有些危险,太像约克公爵的夏令营,以及那些关于阶级合作、携手并进的差劲说辞,这些要么是胡扯,要么是法西斯主义,要么两者都是。阶级之间无法合作,如果真实利益互相冲突。资本家无法与无产者合作;猫无法与老鼠合作,如果猫真的这样提议,老鼠也轻易同意,不多时老鼠就会消失在猫的喉咙里。但是只要基于共同利益,合作总是可能的。不得不团结起来的人们都是一见到老板就畏缩、一提到房租就发抖的人。这意味着小农场主要和工人联合，打字员要和矿工、学校校长和汽车修理师联合。如果他们能理解到共同利益所在，便有希望使联合变成现实。然而如果他们的社会偏见——其中至少有一些是与任何经济上的考量一样有分量的——被毫无必要地激怒，联合就无望了。毕竟，银行职员和码头工人在行为和观念传统上都很不相同，前者的优越感也十分根深蒂固。以后他将不得不摒弃这优越感，目前要求他这样做并不合适。因此，如果能把那毫无意义而又机械的侮弄资产阶级的活动——几乎是所有社会主义宣传的一部分——完全摒弃，将大有裨益。在整个左翼思想和写作中——从《工人日报》的社论到《新闻记事》的幽默专栏都概莫能外——都贯穿着一种反绅士的传统，不停地讥讽绅士举止和种种忠诚（用共产主义行话说是"资产阶级价值观"）。这些大多是谎言，这些故意惹恼资产阶级的人往往自己就是资产阶级，而且这些言论十分有害，因为它使一个小问题挡在大问题前面，它使人们的注意力从中心事实——即贫困就是贫困，不管你的谋生工具是尖嘴镐还是自来水笔——上移开。

再以我为例，我是中产阶级出身，总收入约一周

3镑。就我所值的价钱而言支持社会主义对我更有利，而不是当个法西斯主义者。但是如果你一直咬着我的"资产阶级意识形态"不放，如果你巧妙地暗示我很低劣，因为我从不用双手劳动，你只会成功激发我的敌意。因为你是在告诉我，要么我天生是废物，要么我该用根本无法做到的方法去改变自己。我无法让自己的口音变得像无产者，某些喜好和信念也是如此，即使可以改变我也不愿意改变它们。为什么我该改变？我没有要求别人说和我一样的口音，为什么别人就来要求我说他的口音？更好的对策是把这些折磨人的阶级烙印放到一边，越少提起越好。如同种族差异那样，事实证明当真正需要合作之时，人们可以同外国人合作，即使他们反感外国人。就经济状况而言，我和矿工、筑路工和农场工人在同一条船上，提醒我这一点，我会站在他们一边。文化上，我和矿工、筑路工和农场工人不同，你若强调这一点，便是在鼓励我与他们为敌。如果我只是特例当然无关紧要，但我却代表了无数人面临的处境。每一个梦见自己被开除的银行职员，每一个濒临破产的小店主，都面临同样处境。这些正在下沉的中产阶级，大多数人都抓紧自己的身份，觉得这可以让人浮着。一开始就要求他们把救生圈扔了并不是个好策略。目前我们面临着一重十分明显的危险，即在未来几年内，中产阶级中的一大批人会猛然转向右翼。那时他们会非常棘手。迄今为止，中产阶级的弱点就在于他们不懂得团结协作，但是如果你把他们吓得团结起来对抗你，你会发现自己召唤出了恶魔。在总罢工①中我们已瞥见这种可能性。

综上所述，除非我们能建立起一个有效的社会主义政党，否则我们将无法改善我在前面几章描述的恶劣处境，也无法从法西斯手中挽救英国。这样的政党要具有真正革命性的意图，还要有相当数量的人去身体力行。为广大民众提出看起来值得期望的目标，才能把这政党变成现实。因此先不论其他，我们需要好的宣传。别再总提"阶级意识""剥削者的剥削""资产阶级意识形态""无产阶级团结性"，也别再总提那不可冒犯的三姐妹，正、反、合，而应该更好地强调公正、自由和失业者身处的困境。别再总提机械进步、牵引车、第聂伯河大坝和莫斯科最新式的沙丁鱼罐头工厂，那并不是社会主义信念不可或缺的一部分，却赶走了许多社会主义迫切需要的人，包括大多数能驾

---

① 指1926年5月英国工会联盟为支持矿工发起的总罢工。

驭一支笔的人。核心是把两个事实反复传递给公众：第一，所有受剥削者有着共同利益；第二，社会主义与普遍良知可以相合。

至于棘手的阶级差异问题，目前唯一可行的办法是缓一缓，别再惊吓更多人。最关键的，别再做那些生硬的打破阶级的尝试。若你身属资产阶级，别太急于拥抱你的无产者兄弟，他们也许并不领情，还可能将其表露出来，那时你可能会发现自己的阶级偏见也并非如想象的那样消失得丝毫不剩；若你论出身或是在上帝眼里属于无产阶级，也不要一见到老公学领带就嘲笑，它所包含的忠诚感对你也有用处，若你懂得如何运用它们。

当社会主义获得了生命力，在普通人中间唤起真切共鸣时，阶级问题也就有了出路。未来几年里，我们必须努力把社会主义政党变成现实，如果失败了，就将是法西斯的天下。与纳粹暴徒和万字符不同，英国化的法西斯或许会保有一副笑脸，以富有教养的警察和狮子与独角兽徽章的形象现身。而我们的财阀统治阶级不会听任一个真正革命性的政府日益壮大，想实现社会主义政党必须奋力相搏。届时，以出身论彼此差异不小的阶层必须并肩战斗，为着同一个目标。那时他们也许会发觉，看待对方的目光已起了变化。然后，这折磨人的阶级差异也许会消散，我们这些衰落的中产阶级——私立学校校长、食不果腹的自由记者、年收入75镑嫁不出去的上校女儿、失业的剑桥毕业生、没有船可指挥的海军军官、各种职员、政府雇员、旅行推销员和小镇上三度破产的小布店店主——也许就不再挣扎，可以沉至我们本该属于的工人阶级。也许那时我们会发现一切没有担心的那么糟，毕竟，我们没什么损失，除了h音。

译后记

一

《通往威根码头之路》是奥威尔在英国出版的第五本书。

一九三四年十月,奥威尔来到伦敦,在汉普斯特德(Hampstead)的爱书角书店做兼职店员。之前的十个月,因肺炎,他一直在索斯沃尔德(Southwold)的父母家中休养(期间创作《牧师的女儿》)。兼职包食宿,写作时间充裕。一九三六年一月,《让叶兰继续飞扬》交稿,这恰是一部以在书店打工的年轻人为主人公的小说。一月三十一日,奥威尔乘火车前往考文垂,开始走访英格兰北部矿区。

这次走访是受出版人维克托·格兰茨(Victor Gollancz)委托。格兰茨于一九三三年一月九日出版了奥威尔的第一部小说《巴黎伦敦落魄记》,却对第二部小说《缅甸岁月》疑虑重重,拒绝出版(《缅甸岁月》于一九三四年十月由美国哈珀兄弟出版公司出版）。他的出版公司成立于一九二八年，一直小心避免惹上官司。到达考文垂次日，奥威尔步行十二英里，抵达伯明翰郊外，乘公交车抵市中心，又乘车去斯陶布里奇（Stourbridge）。在严寒中，他每天步行十几英里，兼乘公车，依次经过沃尔弗汉普顿（Wolverhampton）、潘克岭（Penkridge）、汉利（Hanley）、伯斯勒姆（Burslem）等制陶镇，于二月四日到达曼彻斯特，并停留一周，见到了伐木工人联合会的负责人弗兰克·米德（Frank Meade）。米德夫妇没想到，奥威尔可以在那种寄宿舍过夜。十一日，他抵达威根（Wigan），借住在一户失业矿工家里，食宿每周25先令。户主在《码头》第三章出现，即是患眼球震颤，每周领29先令补偿金，公司欲减少至14先令的那名矿工。他的儿子乔，十五岁，已在井下工作一年，上夜班，白天睡觉，房客（也叫"乔"）晚上睡他的床。房客乔出现在第一章。十五日，奥威尔换了住处。工会为他找到一家兼营食宿的牛肚店，这家环境骇人的牛肚店以及店主一家构成了第一章的主体。

奥威尔走访了两个月。四月，他在赫特福德郡沃灵顿村的一座村舍住下，种菜种庄稼，养鸡养羊，并且开始写《码头》。六月，和艾琳·奥肖内西（Eileen

O'Shaughnessy）举行婚礼。婚后住在沃灵顿村。写作接近尾声，西班牙内战爆发，奥威尔决定奔赴西班牙。他一边准备出境手续，一边修改文稿。十二月十五日，《码头》交稿。二十二日，奥威尔经法国前往西班牙。

二

"左翼图书会"（Left Book Club）于一九三六年二月成立，格兰茨是三位选书人之一。他试图说服奥威尔的代理人伦纳德·摩尔（Leonard Moore），出版两个版本的《码头》：图书会版和普通版。图书会版只出版第一部分，印量可观。提议遭到拒绝。

直到一九三七年三月，格兰茨才以图书会名义出版了完整版《码头》，并附上自己写的序言，以示立场不同。此时，奥威尔所在的马统工党民兵部队驻守在韦斯卡（Huesca）东边，每天站岗、巡逻、挖战壕，不知何日才会发动围攻。五月，奥威尔被狙击手击中喉部，子弹从气管与颈动脉之间径直穿过。在医院养伤期间，马统工党"成为"非法组织，警察四处搜捕该党成员。奥威尔和艾琳侥幸逃脱。

《向加泰罗尼亚致敬》记录了这段西班牙经历。格兰茨拒绝出版。弗雷德里克·沃伯格（Fredric

Warburg）出版了这本书，日后也出版了被格兰茨等四家出版社拒绝的《动物农庄》。

英国对西班牙奉行"不干涉"政策，然而英国离战争还有多远？一九三八年九月，奥威尔和艾琳去了摩洛哥，以为那里的气候对疗养肺病有益。他在致查尔斯·道兰（Charles Doran）的信中写道：

……把张伯伦看成是和平使者未免可笑，我也不否认，《慕尼黑协定》对捷克人十分不公。但是不管发生什么，都比打仗强，一场欧洲大战意味着几千万人丧命，更意味着法西斯扩张。毫无疑问，张伯伦在积极备战，其继任者也一样；我们或许还有两年的喘息时间，能够把人们号召起来，抵制战争，不只在英国，更在法国以及各个法西斯当政的国家。各国国民不同意参战，那就是希特勒的末日。

《反思战争危机》文中写道：

……如果成立"人民阵线"，很可能假以抗击德国的名义。……争论焦点在于，左翼是否应该支持这场旨在维护英帝国利益的战争。"人民阵线"的倡议者高呼"阻击希特勒！"，而反对者大喊"不与资本家结盟！"——似乎都确信如果大选开始，普通民众肯定会给"人民阵线"投票。

……过去两年间，《新闻记事》《工人日报》《雷诺兹新闻报》《新政治家》以及左翼图书会的主办人始终在宣扬全体国民（在伦敦西区俱乐部里安享晚年的绅士除外）一心捍卫民主，渴望开战，无论付出多大代价。

……左翼图书会已有五万名会员，这个数字堪称庞大。但是，我们有五千万人口。不能只看在阿尔伯特厅内集会的五千人，更多民众——五百万人在场外，嘴上不说，不等于没有想法，他们会把票投给谁？而左翼图书会这样的宣传机构对此漠然视之，坚称自己就是民意。

……对民意的错误估计使得工党领导人离战争又近了一步，愈发难以赢得大选。

一九三九年八月二十三日，苏德签署互不侵犯条约。九月一日，德国入侵波兰；三日，英国对德宣战。奥威尔回到沃林顿村，收地里的土豆、做果酱、卖鸡蛋、翻地、剪枝。期间写了《在鲸鱼腹中》《查尔斯·狄更斯》《男孩周刊》，并以《在鲸鱼腹中》为名结集出版。艾琳在陆军部审查司工作。奥威尔早就递交了服役申请，政府复信说已将其登记在册。后来因体检不合格，被拒绝入伍。次年五月，奥威尔和艾琳在摄政公园附近的简陋公寓住下。应"探照灯丛书"之邀（奥威尔本人亦是丛书策划人之一），奥威尔写了丛书第一本《狮子和独角兽：社会主义与英国传统》。"世界在变，英格兰也在变，但那只能朝着某些方向，也就可做预测。这并不是说未来已注定，仅仅是指某些变化可能发生，而另一些变化不可能发生。一粒种子可能发芽，也可能不发，一粒芜菁种子却长不成欧洲防风。首先要厘清何谓英格兰，才能预测英格兰在未来能起何种作用"。文中写道：

我们爱养花，也爱集邮、驯鸽、做木工活、攒礼券、玩飞镖、猜字谜。即便是参与人数众多的活动，亦非官方组织——小酒吧、足球赛、自家后院、火炉边以及"一杯好茶"。……人们仍然相信，业余时间是自己的，乐意怎么消遣就怎么消遣，谁也无权干涉。

……国人并非清教徒：好赌；只要口袋里有钱，就喝个痛快；爱讲荤段子，用语无所顾忌，平日里说话也一样。

……仍然相信"法"高踞于国家或个人之上,尽管残忍,却不受腐蚀。

"不存在法律,唯有强权"的极权主义观点不曾在国人脑中扎根。

一九四五年二月至五月,奥威尔作为战地记者,从德国、法国和奥地利发回报道。三月,艾琳死在手术台上。

次年,奥威尔实现夙愿,在内赫布里底群岛(Inner Hebrides)中的朱拉岛(Jura)北端定居,继续种菜、种玫瑰、照顾养子、养鸡养羊、出海钓鱼、鞣兔皮……以及写作《一九八四》。

《通往威根码头之路》问世八年后,《动物农庄》出版。

三

本书译自彼得·戴维森(Peter Davison)所编《奥威尔的英格兰》。这本书收录了《通往威根码头之路》,也收录了与之相关的散文、诗歌、书评以及信件。戴维森编纂《奥威尔全集》(二十卷),又编"还原语境版"《巴黎伦敦落魄记》《向加泰罗尼亚致敬》《动物农庄》。我在某大学二手书店买的英文版《动物农庄》,薄薄一本,只需十元;而戴维森编的《奥威尔与政治:动物农庄》有五百页。

最初促使我翻译的是第十二章。这一章让我想起《上来透口气》(奥威尔在摩洛哥期间所作)。该书主人公乔治·保灵听了左翼图书会的嘉宾演讲,去拜访波提欧斯老先生:

"告诉我,波提欧斯,你怎么看待希特勒?"

波提欧斯老先生肘部搭着壁炉台,脚蹬着挡板,颀长的身体斜靠在那儿,又不失优雅。听到我的话,他吃惊得几乎要把烟斗从嘴里取出来。

……"为什么关注他?不过是个冒险家。这种人来了又去。蜉蝣一世,绝对是蜉蝣一世。"

我不能肯定"蜉蝣一世"是什么意思,可我坚持自己的观点:

"我觉得你搞错了,希特勒这家伙跟别人不一样……不像古代那些伙计,把人钉十字架、砍人头,只为寻开心;他的目标前所未有,闻所未闻。"

"我亲爱的朋友,'太阳底下无新事'!"

当然，那是老波提欧斯最爱说的一句谚语。……你告诉他如今的什么事，他马上会告诉你在某某国王治下，发生过一模一样的事。就算你提起飞机这种东西，他也会告诉你在克里特岛或者迈锡尼或者别的什么地方，很可能早就有了。

（孙仲旭译）

我们生活在现代世界。《通往威根码头之路》是奥威尔的"精神自传"，也是一部现代史。这个问题依然没过时——

"现代"究竟意味着什么？